文芸社セレクション

パンダの箱舟

堀沢 辰雄

HORISAWA Tatsuo

文芸社

目次

第一章　パンダの箱舟

1

どこからか声が聞こえる…

男の声だ。

「お名前は分かりますか?」

今度は女の声だ。

「お住まいはどこですか?」

お名前?　おすまい?

一段と声が大きくなって、

「あなたのお名前は分かりますか?」…「あなたのお住まいは分かりますか」

男の声と女の声が交じって、交互にくりかえしている…

目を開くと天井の大きなライトが眩しい…

そのライトの真ん中に女の顔が現れる。

「お名前は分かりますか？」

名前？　名前だって？

女の顔が男の顔に変わった。

「お名前は？」…「住まいは…」

名前？　なんだろう？　住まい？　どこだろう？


悪夢から覚めるとカーテンのすきまから陽が射していた。頭を上げようとすると体中に痛みが走って、思うように上がらない。

見慣れぬ部屋だ。六畳の隅に薄い布団が敷いてあり、その上に毛布一枚と掛ふとんだ。上下の下着に長袖のシャツ、綿のズボンをつけている。着の身着のまま寝ている。六畳の逆隅には座り机があり引き出しがついている。

おかしなところだ、どこだろう？　頭が割れるように痛い。頭を抱えるとそのまま眠ってしまった。

翌日？　もカーテンのすきまから陽が射していた。

ふらふらするが何とか起き上がれる。カーテンを開けると一挙に明るい日差しが入ってきた。二階の部屋だ。

座り机の上にはがきが二枚あった。「東京都立川市柴崎町七丁目篠原一夫様　あなたへのこの度の支払金額は十六万六千円になります。支払日昭和五十二年十月二十四日十三時。当日来られない場合は支払いができません。立川市職業安定所」。

もう一枚は「東京都江戸川区小岩三丁目新生荘二十一号室平村百舌様…あなたの家賃（定額電気料込み）は三か月滞納されております。今月中に支払いが済ませられない場合、ことによっては強制退去してもらうこともあります。請求書に従って至急支払いを済ませてください　赤星興業」

座り机の引き出しを開けてみた。現金で一万円札が一枚、千円札が八枚あった。貯金の通帳とハンコがある。小岩信用金庫。開けてみるとたった一行、入金九十八万円。

鉛筆と白紙のメモ用紙がある。はさみがあった。

部屋には押入れがあり引き戸を開けると灰色ジャージが一そろい、ハンガーにスーツ一着が掛けてある。下着の着替えがあり靴下がありタオルケットが一枚、タオルが二枚、オーバーコートがある。薄手のセーターがあった。

ふすまを開けると玄関の土間で革靴が一足、サンダルが一足。

ふすまを開けるともう一部屋あり、小さな冷蔵庫と四本脚の小さなテーブルがある。冷蔵庫のなかには水とお茶のペットボトルが一本ずつあった。

ぐらっとめまいがすると急に空腹を感じた。サンダルをはき、ドアノブを握ってドアーを開けようとするが古いせいでどこかがひっかかっていて簡単に開かない。ドアーの足元を蹴って開けたが身体中が震える。

ドアーをそのままにして、オーバーコートを着ると、引き出しの千円札と一万円をもって外に出てみた。はがきの二枚は無意識にポケットに入れていた。ドアーの外は一枚の長いステンレスの板が廊下になって、青いビニールの波板が屋根になっている。その廊下に沿って六つのドアーが並んでいる。両側の端に同じつくりの延長のように階段がつながっている。

そこから見る景色は大小さまざまな長方形、正方形、ところどころには丸や三角やらの屋根を混ぜて、高く低くでたらめにひしめき合っている。赤青黒灰色や様々な色のモザイクは幼子の塗り絵だ。

階段を下りてどちらへ向かえば食料にありつけるのか？

ブーツを履いて盛装した女性が足早に通り過ぎた。それを追うようにまた女性が行く。たぶんあちら方に繁華街があるのだろう？　プラタナスの道路が現れ、気持ち少し広くなった。パン屋があった。雑貨屋があった。風呂屋があり、そば屋があり、食料品の店も出てきた。

迷わずそば屋に入りかけそばを注文した。正面の壁にカレンダーがあって十月のだ。二十四の数字に赤丸がある。カレンダーの上に時計があって十時少しを過ぎている。おもわずポケットからはがきを出して確認すると、「昭和五十二年十月二十四日十一時」。

職業安定所がすぐ近くにあれば間に合うかもしれない。配膳に来た店員に聞いてみるとここから十分もかからないという。

早々に食べきって教えられた道を真っ直ぐに職安まで走った。走るように歩いた。はがきを見せると職安の受付職員は不思議な顔をしてこちらを見つめ返した。

「あなたはどこへ行きたいのですか？」

「職安です」

「それは分かっています　どこの職安ですか？　ここは小岩ですよ」

よく見ればはがきには小岩ではなく立川職業安定所とある。

職員は何か事情があるのだろうと思ったのか二階に行くようにと指示した。慌ててはがきをむしり取ると職安を離れた。

来た道をまっすぐ戻って、途中にあった食料品店で当面の食料を買ってアパートに戻った。布団に横になると死ぬように眠った。

2

翌日も目が覚めるとカーテンのすきまから陽が差していた。開くと通り抜けるような青で秋本番の空だ。何時頃だろう？　メモに時計と書いた。タオルを首にかけて階段を下りるとそこに便所と洗面所があって、たぶん共用のものだろう。水は両手にためて顔を洗った。洗面器と歯ブラシとちり紙とメモに書こうと思った。ズボンのポケットの中で昨日のつり銭がガチャガチャと音を立てている。確か昨日は近くにパン屋があった。無意識にそちらの方へと歩いた。すぐ先にパン屋の看板が見えた。電柱には江戸川区小岩四丁目の金板が貼ってある。

パン屋の店先から少女が出てきた。両手に盆を支えて盆の上にはパンが数個載っている。店からは三段ほどの階段を下りて道路になる。

と、少女は何に躓いたのか盆をほうりだして倒れた。パンは道路に飛び散った。そこに狭い道路を疾走するバイクがあった。バイクは飛んでくるパンをよけきれずにパン屋の向かいの石塀に激しくぶつかって止まった。運転手はバイクから投げ出されてバイクの隣でうなっている。バイクの車輪は横になったまま激しく回転している。

少女は慌てて駆け寄った。頭に付けた白い三角巾を両手にとってむやみにもんでいる。それを噛み始めると居ても立ってても居られない様子で怪我人に近づいたり離れたり、要するにどうしていいのかわからないのだ。

その仕草が平村にはとても自然で素直で子供らしい愛らしさまで感じた。少女は立ったり座ったり、あちこちを見たりしていたが、そばに平村がいるのに気づいた。彼の目をじっと見つめ、その目はどうすればいいのかと訴えていた。

「すぐにお店に戻って救急車をよびなさい」

少女は走って戻った。店からは主人らしい人のよさそうな小太りの老人が出てきた。

救急車が来るまでにはいくらも時間がかからなかった。

救急隊員は手慣れた様子で怪我人を車に運び込むと、すぐに出発するかの如く周りを見渡した。救急隊員は平村を指名した。他に適当な人は見つからず誰もが部外者で平村は観念するように同乗した。

救急車の車内で「お名前は？」「お住まいは？」と聞かれた。

またか…。名前？　…住まい？　…わからない。江戸川区小岩四丁目新生荘の平村百舌であるらしい。でもわからない。わからないとは言えない。ポケットにねじ込んであるはがきを救急隊員に黙って渡した。

「篠原一夫さん？　立川からですか？　遠いところからきているのですね？」

平村は慌ててはがきをむしり取った。代わりにもう一枚の不動産屋の督促状を渡した。隊員は「江戸川区小岩四丁目の平村百舌さんですね？」と言い、その先は遠慮して言葉ではなくしげしげと平村の顔を見つめた。まさか「立ち退きを迫られているのですか？　…」とは言えない。

怪我人の身元は彼の持っていた免許証からすぐに分かった。アーモンド・ゴッホ。イギリス人だ。二十七歳。周辺の中学で英語の授業を補佐する補助教員である。

保護者とはすぐに連絡が取れたということで、平村は病院到着と同時に解放された。が、帰り道が全く分からない。何人もの人に督促状を見せて恥ずかしい思いに耐えながら帰り道を尋ねた。なんとかパン屋の前の知っている道についた時にはかなり疲れた。パンを買おうと店に入った時には、少女はいなかった。途中の店で時計と歯ブラシと洗面器とコップとちり紙は調達できた。そしてパンをかじるとすぐに眠った。

3

翌日は寒くて起きた。カーテンを開けると、どんよりと曇っていて気温がだいぶ低くなってきたようだ。昨日買った時計は十時十分を指している。

セーターも着て自動的に階段を下りた。トイレを済ませて顔を洗うとパン屋に向かった。平山の姿を見ると、走るように少女が来た。にこにこして丁寧に頭を下げる。それはとても心地よいものだった。どこの両親もこういう子を持ちたいと思うのではないか。

あんパン二つと缶コーヒーを買った。そして持ち金が尽きてきた。今日は銀行に行こう。どうなるのかわからないけど不安はあった。果たして無事におろせるのか。少女に江戸川信用金庫がどこか尋ねると、主人が出てきて詳しく地図を書いてくれた。そして「ぬえがお世話になりありがとう」と、言った。少女の名はぬりえといい、ぬえちゃんの愛称でみんなに親しまれている。とてもいい子だという。

通帳とハンコを持って地図の通りに歩いたがなかなか銀行はなかった。十分ほど歩くとかなり先に高く細い塔が立っていて、江戸川信用金庫と読める。急に元気づいて十分とかからず銀行についた。いっぺんに全額おろそうと思ったが、怪しまれると困ると思った。控えめに三万円と支払票を書いて提出し、「ハンコはありますか？」にポケット中を探すとあった。はたして三万円をもらうまでには造作はなかった。

現金を手にすると元気が出てきた。すぐに見えるカレー屋に入ってカレーを食べた。奥にあるのは銭湯でふろにも入った。洗濯屋が見えた。洗濯は又にしよう。服を買ってからだ。しばらく行くと正面に大きな建物がある。どこかで見たことのある建物だ。すぐ近くに来てみれば江戸川病院とある。

どこで見たのだろうと病院の中をのぞくと、「あれっ。ぬえちゃんかな?」花を抱えた少女が階段前に立っている。間違いない。彼女だ。そこで平村は思い出した。そうだ、ここはゴッホ青年を担ぎこんだ病院だ。

平村に気づいたぬえは驚き、不思議な表情をしたがすぐに顔の筋肉が緩んで、平村のそばにしっかり寄り添った。頭は下げたままだった。

ぬえが何をしに来たのかはわかる。恥ずかしがり屋さんで病室に入れないのだな。平村はぬえの手を取るとどこが病人の部屋かと促した。

階段の上を指さすとぬえはかわいい笑顔を平村に向けた。

病室は女子学生の笑い声と話し声でにぎやかだった。ドアーを開けると女子学生四人とゴッホが一斉にこちらを見た。一瞬の静寂があった。

ぬえは頭を下げて隅の方にじっとしていた。ゴッホの優しくなった目を見ると、平村は「さあお花をあげなさい」と言った。ぬえは頭を下げたまま不器用に花を差し出した。「ごめんなさい」は聞こえないくらい小さな声だった。ゴッホは何も言わず優しい笑顔を返した。二人はすぐに退室した。しばらくすると病室ににぎやかな笑い声が戻ったのが聞こえた。

帰り道はぬえと手をつないで歩いた。途中にだんご屋があったのでぬえに持って帰ってもらおうと思った。

「ぬえちゃんの家族は何人ですか？」

「ぬえとちまきとおばあちゃんの三人です」

「ちまき？」

「いもうとです」

平村は塩豆大福を三つ買ってぬえに渡した。少女はそれを大事そうに抱えて平山にぴったり寄り添い、「ありがとう」の小さな声が聞こえた。

パン屋まで戻ると夕飯のパンを物色した。ガラスケースのところからは離れたところに変なパンがあった。四角い枠の中にパンダらしき顔がある。それはひと目で子供がデザインしたとわかる怪しげなパンだ。平山はそれを三つ買うことにした。

ぬえが近寄ってきた。顔を赤くしている。

「ぬえが作りました、パンダです。パンダの箱舟です」

パンダの箱舟？　なんだそれは？

奥から主人が出てきた。

「この子はとても器用なんですよ。余った材料で勝手に作るのですがたまに買っていく人もいます」

不思議な世界のパンだ、不思議な世界のパンダ。

ぬえはどうみても小学生ぐらいだ。パン屋の主人はぬえのお父さんでもお祖父さんでもないようだ。とするとご主人が近所の子供を預かっているということになる。それともここで働いているのか？　学校にも行かないで、なぜパン屋なんかで働いているのだろう？　果たしてこれは現実だろうか。

今の平村が見ているものも出来事もすべてが夢の中でのことかもしれない。夢の中のことなら学校に行かない子供がいても何も不思議はない。

頭の中がふわふあする。目の前にはいつも薄い膜がかかっている気がする。

この現実ではない世界の中で、自分はどのくらい生きるのだろう？　どれくらい生きられるのだろう？

4

毎日の食事のほとんどがパンになった。パン屋に行けばすぐにぬえが寄り添ってくる。店の前を通るだけでも平村を見つけると、おじさんおじさんと慕い寄ってくる。それが平村にはとても気分がよく、夢の世界での生き甲斐にもなってきた。

そして今の生活が日常化するとだんだん不安も出てきた。夢か現か？　こんな生活がいつまでも続くはずがない。現実だとすれば何か事情がある。何かが必ず来る。いつか来る。

実はこのところ誰かに監視されているのを平村は気づいていた。この間二日前？三日前？　土間のドアーを開けて外に出ようとすると、そのドアーの前に男がいた。男は顔をぶつけられて手で押さえていた。大きな顔のわりに目鼻がとても小さな男だ。平村と目が合うと男は突然逃げた。階段をすごい勢いで駆け下りた。一目散に逃げて行った。

今までには何回かある。鍵穴がガチャガチャと外側からいじられているのだ。立ち上がって扉に近づくとすぐに音は止み、誰かが離れていく感じだ。

考えてみるとこのドアーには鍵がない。内側からは鍵がかけられるが、外側からは、それができない。それでよく外出ができたものだ。物騒なことだが、それにすら今までは気がつかなかった。たぶん今までには外出時に、誰かに入り込まれているだろう。取られるものなど何もないが、通帳を持って出かけたのは、偶然とはいえ、よかったのかもしれない。

ひょっとするとどこかに鍵があるのかもしれない。平村は引き出しの中をくまなく探してみた。そうすると隅の方に、ぴったりとくっついてあった。

これからは鍵をかけて外出できる。でも監視されていることは間違いないのかもしれない。

先日は平村を尾行してきた男がいた。背の高い男だった。でもそれは尾行と言うのだろうか。平村とは五十メーターの間隔を空けて後をつけてきた。平村の足が止まれば。男の足も止まる。でも男はまるで隠れようとしない。平村が後ろを振り向いても、じっとそこに立って平村を見つめる。身なり風体もどちらかと言えばきちんとした感じの男だ。平村が床屋に入ると、男はその床屋を覗いた。床屋の椅子に座って、散髪している鏡にその男の顔がはっきり映ったが、平村にはまるで見覚えのない男の顔だった。

　男はしばらく鏡に映った平村を見つめていたが、やがていなくなった。

　暗闇の中でベッドに寝ている。どこからかちょろちょろと水の流れる音がする。水かさがどんどん増して背中にまで水の冷たい感じがきた。起き上がろうとするが鎖でベッドに縛り付けられている。そのあいだにも水嵩は増していって体が埋まった。口が埋まり、目が埋まり鼻だけが残った。その鼻の中に水が入ってきて呼吸ができない。苦しい！　苦しい…死んだ…死んだ。

　夢だ。夢だ。


　鍵穴がカチャカチャと音を立てている。夢か？　夢じゃない。カチャカチャと、無理にドアのノブを回し、引っ張っている。

　平村は立ち上がった。扉を開け、対決するしかない。

　平村は扉を開けた……と、男が逃げるのと同時だった。

　多分あの顔の大きい、目の小さな男だったと思う。

　ところがその逃げる男を追う男がいた。平村の目の前を追う男が走って通過していった。駆け足で階段を走り下りる顔の大きな男の前に、今度はまた別の男が飛び出してきた。前から横から、道路側からと三人が顔の大きな男を追った。平村の前を通り過ぎた男を加えると、追手は四人になる。三人の追手は同時に逃げる男に体当たりした。

顔の大きな男は取り押さえられ、手錠をかけられた。多分空き巣狙いだったのかもしれない。

これで一段落したと思った。

平村はドアを閉めて、部屋に入ろうと思った。が、平村が握ったそのドアノブを外側から握った者がいた。男は外側からドアノブを強く引っ張った。引っ張られた平村は廊下の方に引っ張り出された。

誰だ…？

平村は相手の顔を見た。

それは先日平村を尾行してきた背の高い男だった。

男は平村をどかして勝手に家に入ってきた。

「どなたですか？」

「どなたですか？　…だって。あなたは本当に私が分からないのですか？」

男は平村をにらみ続けた。

「赤星ですよ。赤星不動産ですよ。不動産屋です。平村さん、今までこんなことはなかったじゃないですか」

「今まで？　……」

今までだって…？

「僕はどのくらいここに住んでいるのですか？」

平村は自分の過去について知りたかった。

「なにバカなことを言っているのですか。あなた自身が一番ご存知じゃないのですか。あなたにも何か事情があるのでしょうけど、どんな事情であれ、金がなければ生きられないのですよ。そんなことわかっているでしょ」

赤星は六畳の中を見回した。

「本当は警察に突き出すのですけどあなたも前科者になるのは嫌でしょう」

平村は相手の顔を見続けた。

清潔でまじめな感じの男だ。そんな男に暴言を吐かせるのは、平村の方に非があるのかもしれない。しかし何も分からないのだから仕方ない。たぶん話してみても平村の事情は他人にはわかってもらえないだろう。

「このうちはカレンダーがないのか。今日は十一月一日ですよ。四日が日曜日ですから、五日の月曜日までには振り込んでください。入金が確認できなければ出て行ってもらいます。部屋に残っているものは全部処分するから…。と言っても処分するようなものもないいな」

赤星は二十四万円と書かれた振込用紙を置いて帰った。

八月から十一月の前金までの四か月間と書いてあるから、ひと月の家賃は六万円、平村は八月から入居している計算になる。

5

どこからか男の声が聞こえる。

「あなたにも事情があるのでしょうけど、どんな事情があれ、お金がなければ生きられないのですよ。そんなことくらいあなただってわかっているでしょ」

夢と言う現実の中でも金がなければ生きられないのだろうか？

金が尽きた時、自分と言う存在も、夢もすべてが喪失してしまうのだろうか？

たぶんそんなにうまくはいかないだろう。

というと、今の住まいを追い出されて路頭に迷うことになる。乞食だ。考えてみるととても恐ろしいことだ。


枕もとの時計を見ると十時十分。

カーテンを開けると空は雲行きが怪しく雨が降りそうだった。

今日はだいぶ冷え込んでいる。オーバーを買わなければいけない。股引も必要だ。厚手のソックスが欲しい。布団も新調しなければならないだろう。すぐにストーブも用意しなければならなくなるだろう。そうするといくら必要なのだろうか？

通帳から家賃を引き算して、これから必要なものの費用を引き算すると一体いくら残るのだろうか？

これが生きるという現実だ。果たして自分がそれらに対して気丈に対処してゆく能力があるのだろうか？

とりあえずは生きていけるところまで生きていくしかない。

平村は身支度を整えて、銀行へ行く支度を済ませた。と言っても顔を洗って、着られるものをすべて着て、暖かくして、通帳を持っただけである。

朝飯の用足しに、まずパン屋に寄った。

ぬえが一人で店番をしていた。平村を見ると、ニコッと笑って、彼の朝飯の定番メニューのパンを袋に入れた。それが終わるといつものようにぴったりと平村のそばに寄り添った。平村の手を握っている。

外は小雨が降りだしていた。

「おじさんはこれから銀行へ行くよ。ぬえちゃん、傘を借りられないかな?」

ぬえは奥から傘を持ってきた。そして傘をさして出てゆく平村にいつまでも手を振っていた。

このぬえとの関係を一日でも長く続けたいものだ。


家賃の振り込みを済ますと残高が急激に減った。当面の生活資金の十万円もおろしたので残高が五十万円そこそこになった。しかし振り込みをすますと、見張られている、尾行されているという恐怖からは解放された感じだが、今度は生活していけるのかという不安が大きく襲ってきた。この先いつまで生活ができるのか。

とりあえず銀行のすぐ近くにある衣料品スーパーによってオーバーを買った。股引と厚手のソックス、下着を買った。それらを全部入れて担げるリュックサックも買った。ついでに洗濯屋によって預けておいた洗濯物を引き取り、リュックに詰めた。

そうした時にふと銀行前の電柱に貼ってあったアルバイト募集の広告を思い出した。銀行に戻って、そこの電話から募集広告先のバス会社に連絡を取ってみた。仕事の内容は営業運転から戻ったバスを清掃すること。すぐにでも面接したいとのことで、平村はそこからバス会社へと向かった。

バス会社は銀行からは割と近いところで、銀行からは平村のアパートへと道を戻って、すぐ先の路地を右手の方向に入っていったところにある。たくさんのバスが並んでいる奥まった隅に事務所がある。事務所には運転手の親玉のような制服を着た男が一人で居て、平村の顔を見ると、すぐにバスの清掃現場に連れていかれた。

バスの中には清掃員が一人だけいて、客席のシートに掃除機掛けをしていた。それが終わると、床を掃除機掛けして、汚れをふき取る。その後は窓ガラスを内側から拭く。外側は洗車機が丸洗いする。それは運転手が出庫前にすることになっている。

一台の清掃に約三十分がかかる。一日四時間の労働で、朝の仕事は午前十時から午後二時まで。それが四日間続く。それから二日休んで、午後十時から午前二時までの夜勤の仕事が二日間と続く。土日祭日は関係なく勤める。四日間の任務が終わると、その時に日給四千円、四日間で一万六千円が現金で手渡される。

体力が持つかどうか不安だったが、やってみると何とか持った。しかし仕事から帰ると死んだように眠った。それは今まで経験したことのない快い眠りだった。生きていたのか死んでいたのか分からないような眠りとは本質的に違う。健康的な眠りとでもいうのだろうか。起きた時に夢の現実から覚めて、本当の現実に戻るのではないかとも考えるような眠りだった。

何しろ曲がりなりに四日間の仕事が続けられた。今度は二日間休んで夜勤だという不安があるが、仕事は何とか覚えた。

午後二時。初めてもらう現金の一万六千円の味は格別だった。

金一万六千円を懐にカツ丼を食べた。ぬえのところへお土産を何にしようかな、と考えていると、そのぬえがとんかつ屋の前に現れた。

目の前の店でショーウィンドーの中をのぞいている。目の前の店は花屋である。

平村はぬえに気づかれないように近寄ってみた。どうやらシクラメンの鉢を物色しているらしい。大きいのやら小さいのやら四角い鉢から三角まであって、色も赤白ピンクがある。いったいこれをどうしようというのだろう。

ぬえは店に入ってかなり大柄の鉢を取り上げカウンターに持っていった。そこで値段を聞いて顔を真っ赤にしている。慌てて一番小さいのに代えて、小さな財布から小銭をいっぱいかき集めて勘定していた。

今日の平村の懐は豊かである。ぬえを加勢しようと現金の入った封筒を取り出して店に入ろうとしたが、それは止めた。少女は喜ぶだろうが失礼だ。たとえ子供にだとしても失礼だと思った。店から出てきたぬえは平村に気づいた。恥ずかしそうにして、平沼のそばにくっついた。

「今日はママの誕生日なんです」

「ママはいないでしょう？」

「そう。死んでいないの。でも今日はママの誕生日なの。みんなでお祝いするの」

「みんな？」

「そう、ぬえとちまきとおばあちゃんと三人でお祝いするの」

そういい終えると平村の手をしっかり握った。そうして何かを訴えるように平村の目を見つめ続けた。平村にはぬえが何を言いたいのか分かっていた。

「僕も皆さんのお仲間にさせていただけますか」

突然ぬえの全体が変わった。飛び上がらんばかりの仕草とはちきれんばかりの笑顔と。

「お客さんは初めてよ」

平村はぬえを抱きしめたかった。もしぬえの父親なら絞殺せんばかりに抱きしめたことだろう。

6

ぬえの住まいはパン屋からも新生荘からも同じくらいの距離で三つを結ぶと正三角形が出来上がる。二人はパン屋に戻り、平村はぬえのためにチョコレートケーキを四つ買って、ぬえの住まいへと向かった。まだ夕飯には早い時間だと思ったのだが、ぬえがおばあちゃんは早く寝ちゃうからと言ったので、すぐに行くことにした。

ぬえの住まいは平村の部屋の作りと全く同じだった。平村のところは二階だが、ぬえのところは平屋で間取りは全く一緒なのだ。同じ間取りが六所帯並ぶ長屋である。

入り口の引き戸を開けるとすぐに六畳の部屋が見えた。真ん中に炬燵があり、炬燵を挟んでおばあちゃんとテレビが向かい合っている。ちまきはあいた空間におもちゃの新幹線を走らせている。新幹線がガタンゴトンと言って、ちまきの手で走っている。ちまきはお姉ちゃんが戻ってもその遊びをやめようとしない。いくつぐらいの子供だろう？　おしめは取れたのだろうか？　新幹線よりずっと楽しいものがある。ちまきは目ざとくそれを見つけた。平村の持ってきたチョコレートケーキである。それからは彼女の目はチョコレートケーキにくぎ付けだった。チョコレートが動けばちまきの目もその方に行く。

その時ストーブより炬燵の方がいいかなと平村は思った。これだと足を突っ込んだままうたた寝もできる。

「おばあちゃん、おじさんだよ。いつもぬえにやさしくしてくれるおじさんだよ」

ぬえが平村を紹介してもおばあちゃんはろくに挨拶もしなかった。おばあちゃんはもう何年も前から知り合いだといわんばかりに平村を見てにっこりと笑った。

しかし平村の方はおばあちゃんの顔を見たときに愕然とした。

「おれはこのひとにあったことがある」

平村はおばあちゃんを見つめなおした。

間違いない。たぶん間違いないと思う。左の首のところに大きなほくろがある。

どこで？　…どこで会った？　…前世の現実の中で。

そうだ。久里浜だ。九十九里浜だ。

なんで九十九里浜なのだろう？

そうだ。俺は九十九里浜の缶詰工場で働いていた。おばちゃんは俺に貝の蓋を開いて中身を取り出す技術を教えてくれた。

おばあちゃんはそんな平村の驚愕を全く無視した。

おばあちゃんは立ち上がると周りの片付けに入って、炬燵の上に板を置いた。ぬえの買ったシクラメンが置かれ、ぬえが描いたママの絵が飾られた。パンダにそっくりな顔だ。ちまきがろうそく立てを運んできた。そしてそこにろうそくが一本。

平村のケーキがおかれると炬燵板の上はいっぱいになり、ぬえの用意したパンダの箱舟は畳の上に置いた。ぬえはグラスを持ってきて牛乳を注いだ。四人がほどほどに座ると、灯がともされぬえがハッピーバースデーを歌った。歌い終わると同時にちまきの口の周りはチョコレートで埋まった。平村がなかなかケーキを食べそうにないとみると、ちまきは自分の分を食べながらも次の獲物をねらっていた。平村が自分の皿をちまきに渡した時には、既にケーキは彼女の口の中にあった。

牛乳とパンダの箱舟を食べ終わると、ぬえの家族の貧しいお祝いの会と夕食は終わった。平村はおばあちゃんにぬえのママの話を引き出そうとしたが、笑顔でうんうんうなずいているだけで何も話さなかった。少し耳が遠いのかもしれない。平村はぬえに矛先を向けた。

「ママの話はしないよ。ママの話をすると悲しくなるんだから」

平村は話題を変えた。

「パンダの箱舟ってなんですか?」

「パンダの箱舟だよ。パンダの船にママとぬえとちまきが乗るんだよ。おじさんも乗っていいよ」

子供の返答である。まるで答えになってない。

ちまきが押入れから布団を引っ張り出し始めたので平村は腰を上げた。そろそろおばあちゃんが寝る時間なのだろう。

平村はぬえには炬燵を買わなければいけないからと断り、席を立った。外はだいぶ気温が下がってきていて吐く息に白が混じった。ぬえと手をつないで少し遠くまで送ってくれた。ぬえは長いマフラーを首にぐるぐる巻いた。ぬえは平村の姿が小さくなるまで手を振ってくれた。

ふと空を見上げると。凍みわたる空に丸く大きな月があった。それはおとぎ話の背景にあるような月だった。まさか今晩に…ぬえがいなくなることはないだろう。

夢の世界である。夢である以上はそんなに長くは続かないだろう。どこでどういう形で現実に戻るのかは分からない。一日でも長くこの夢が続きますように……

7

「あんちゃん。ありがとう。もういいよ。ありがとう」

「しい。椎。どこへ行くんだ？　僕を置いてどこに行くんだ？」

どこからかちょろちょろと水の流れる音が聞こえる。どこにいるのだろう？　水嵩がどんどん増している。寝ている背中まで水が来て冷たい。水がどんどん増してくる。動けない。とうとう水は全身をうずめるところまできた。水の中に、天井に向かって顔だけが出ている。水が鼻の中に入ってきた。苦しい。苦しい。

死んだ。死んだ。

夢だ。夢だ。


悪夢から覚めるとカーテンの隙間から薄日が射していた。

カーテンを開けると弱々しい晩秋の光だ。置時計は十時十分を指している。

バス会社からもらって壁に貼り付けた勤務カレンダーは、何日何曜日の表示の下の欄に日勤、夜勤、休みのマークが記入してある。日勤が四日連続、それから休み二日連続、夜勤二日連続、休み二日連続とそのサイクルが規則正しく書き込まれている。

昨日は二度目の二日連続の夜勤の二日目の日だったが、特別に疲れた。と言うのは指導員と言うのが来て、一時間も平村に張り付き、ああでもないこうでもないと無意味な注文をした。指導員と言うことでいろいろと格好つけるために教えているのだろうが、モップがけも雑巾がけも経験したことのない男であることは見え見えだった。ただ口だけは達者で、この口の動きが手足身体に回ればひとかどの男になれるかもしれない。

自分自身のペースで仕事していく要領を覚え始めていた平村にとってはまことに迷惑な存在だった。普段の倍以上に疲れたが、確実に仕事が何とかこなせるようになってきた。

このままの体力が続く間は金銭的な問題から今の生活が壊れることはないだろう。でもどこかでこの夢の生活から現実へ戻らなければいけない。なぜなら夢はあくまで夢であるから。

たぶん過去の生活が苦しくて夢の生活に逃げ出してきたのだろう。

過去の現実に戻るようにとの通知は夢の始まりの時からすでに来ている。いつまでも逃げ回れるわけではないだろう。

疲れ切って帰ってきたアパートの土間にその通知は落ちていた。昨日は疲れすぎていて見過ごしたのだろう。たぶん入り口のドアーの下の隙間から差し込まれて、平村が知らずに引きずってきたのであろう。

二枚とも差出人は立川の職業安定所である。その一枚の内容は先月来たものと全く同じである。ただ前回とは日付が違っているだけだ。

『この度の支払日は十一月二十一日午前十時からです。なお当日来られない場合は支払いができません』

金額の十六万六千円も前回と全く同じ。

これは前回取りに行かなかったために、この日にもう一度取りに来なさい、と言う督促であろうか？　それともひと月ごとに同じ金額が支払われているという意味なのだろうか？

平村にはこの職業安定所から支払われるものがどういう性格のものなのかがまるで分からない。

もう一枚のはがきの内容は、「篠原一夫様。大事な相談があります。至急本所に来所ください。なおお出かけの際は事前に電話連絡ください」

それは俺の過去が篠原一夫だという証拠を提示するものであるのかもしれない。

それにしてもこのはがきはどういう経路で、誰が運んでくるのであろう。

ここは小岩四丁目である。立川市柴崎町ではない。

平村は立川職業安定所に出かける決心をした。いつまでも平村だか篠原かで通せるわけにはいかないだろう。

職業安定所に行く前に、その支払われるお金がどういうものかを知っていかなければ恥をかく。

しかしそれを誰に聞けばいいのか。そんな相談ができるものなど一人もいない。知り合いなんて全然いないのだから。しようがなくバス会社の給料係の五島さんに聞いてみた。

「あなたも半年働ければ、一時金でもらえますよ」

これが五島さんの回答であった。どうやら長く働くと貰える性質のものであるらしい。

過去の現実の中で篠原一夫はどこかで長く働いたということなのかもしれない。

8

小岩駅から電車に乗って秋葉原で乗り換え立川駅までは二時間近くかかった。電車に乗るのは全然抵抗感がなかった。それどころかとても親しいように感じられ、過去の現実には通勤、あるいは仕事にしょっちゅう電車を利用したのかもしれない。

立川駅はどこかで見た感じがした。

昼は立ち食いそばで済ませて、立川駅の東口交番で立川職業安定所までの道のりを尋ねた。この道をまっすぐ北へ向かうと十分、道沿いにあるからすぐわかるということで、現地に到着したのは二時半。三十分も前だが建物の中も外も人、人であふれていた。

すぐのところに受付があったので平村は、はがきを見せてどう手続きをすればいいのか尋ねた。

「離職票はありますか？　失業保険者証はありますか？　○○はありますか？　△△はありますか？」と立て続けに五つも六つも聞きなれぬ書類の名を挙げた。

「あなたが本人であることを証明できるものを出してください」

「本人であることを証明できるもの？」

「そうです。免許証とか健康保険証とかなんでも結構です。それと印鑑は持ってきました？」

印鑑？　誰の？　平村の印鑑は持ってきたけど篠原のであればない。

「それをみんなまとめてこちらの箱に入れてください。順番に名前を呼びますから、呼ばれるまでお待ちください」

すぐ隣に箱が置いてあって申請者の書類がうずたかく積まれていた。

これはダメだと平村は思った。徒労だった。まず土台から出直さなければならない。でも、どこに行けばいいのか？　何をすればいいのか？　どうすれば土台ができるのか？　皆目わからない。体の方は何とか働けるとこまで行ったが、頭の方はさっぱりだ。何も分からない。時間をかければ回復するのだろうか？　何かを思い出せるのか？

平村はもう一枚の職業安定所からのはがきを取り上げた。「至急ご相談したいことがあります」。そこを訪ねてみようかとも思った。何か糸口が見つかるかもしれない。でもだめだろう。平村は女性職員の言葉を思い出した。「あなたが本人であることを証明できるものはありますか？」

あなた本人を証明するもの？　本人を証明するもの？　平村はまたはがきを取り出した。

「東京都立川市柴崎町七丁目篠原一夫様」

そうだ篠原一夫を訪ねてみよう。

北口の駅前で立川市の地図を買った。柴崎町七丁目はそんなに遠い距離ではない。平村は地図にその経路をなぞった。二十分あれば歩けるだろう。

線路を越えて南口に出た。そこは何といえばいいのか。なつかしい感じがした。どこが懐かしいのだろう。そして地図を頼りに歩き始めると不思議なことが起こった。平村が歩こうとする前に足が勝手に目的地へと向かいだしたのだ。地図は全く要らなかった。銀行があり学校があり消防署を越えた。小さな遊園地があり、その裏に住宅地がある。コの字型の道路に沿って八軒の建売が並んでいる。平村はそのほぼ真ん中の家の前に立った。その標識には篠原とあった。二階建てで二階の物干しにはまだ何枚かタオルが残って干されている。小さめの乗用車があった。小さな庭には赤白紫またそれらの色が混合されている小さな花々がびっしりと植えられていた。

平村は一階のカーテンがかすかに開いてその隙間から誰かがこちらをうかがっているのを見た。チャイムを押して名乗り出ようと思ったが、その時にもう一人。平村のいちいちの動作をうかがっている者がいるのに気付いた。二軒先の垣根の陰から、ほとんど身を隠そうとはせずこちらをうかがっている。制服を着た女子学生だ。うかがっているというより、それは驚愕のあまり魔法使いに魔法をかけられた石像のようにピクリともしない。しかし目だけは平村の瞬時の動きまでも見定めている。

しまった、と平村は思った。逆側は行き止まりである。否が応でも女子学生の前を通って帰らなければならない。

平村はふっと寒気を感じた。冬の日の日暮れは早い。既に薄く暗いものが広がっている。平村はオーバーコートの襟を立てた。顔を隠すようにして足早に女子学生を過ぎた。彼女は脚が腐ったように動けなかったが、驚きの表情は顔全体のバランスをめちゃくちゃに壊すようであった。目だけは執拗に遠くなってゆく平村の姿を追った。

「まずい」と平村は思った。即座にそこにあった消火栓ボックスの裏にうずくまった。平村の勘は当たった。女子学生は走って追いかけてきた。平村を追い越してすぐに戻ってきたが、左右をくまなく探し歩いた。

やがてあきらめたのか帰っていった。

平村は自分の行動が理解できなかった。

なぜ女学生に自分が誰かを名乗らなかったのだろう。なぜ隠れなければならなかったのか？　篠原の玄関前ではチャイムを押す勇気がなかった。

俺は今日自分自身を探すために来たのではなかったのか。わからない。過去を知ることが怖いのだろうか？

立川駅に向かって歩いている途中で、平村の体に突然戦慄が走った。

「俺は確かにこの道を歩いたことがある」

女の子の手を引いて、泣きながら歩いた。悲しみに耐えきれずに、うおーうおーとしゃくりあげた。女の子がしっかりと平村にしがみ付いた。

そうだ。それは母が亡くなったときのことだ。

あの時。俺と手をつないでいた子が、あの女生徒なのだろうか。

平村は駅前で鏡を買った。しげしげと自分の顔を見つめてみた。もう老人の顔である。六十歳は超えているのかもしれない。あれぐらいの年の子供がいてもおかしくはない。

俺が篠原一夫だとすると平村百舌とは誰なのだろう？

9

病室のようだ。ベッドに寝ている。どこからかカチカチカチと聞こえる。カチカチの音はだんだんと大きくなる。と、天井の真ん中あたりがピカッと光った。カチカチはさらに大きな音になり、天井から何かが落ちてくる。振り子だ。振り子がカチカチと揺れながらどんどん落ちてくる。カチカチの音もどんどん大きくなり、振り子も揺れながらどんどん大きくなる。大きくなりながら自分の腹に迫ってくる。振り子の先は刃物だ。危ない。危ない。揺れながらどんどん降りてくる。体が動かない。危ない。血が散った。切られた。切られた。胴体が真っ二つに切られた。胴体が縦にふたつに切られた。頭が左右二つに切られた。

死んだ。死んだ。

夢だ。夢だ。

隣にもう一人、俺がいる。俺が二人いる。見ている俺と見られている俺がいる。二人の間に血が流れている。

夢だ。夢だ。

悪夢から覚めると薄暗かった。夜だろうか。

カーテンを開けると外は雨が降って薄暗かった。時計を見ると十時十分。

夜勤にもだいぶ慣れたようだ。この時間に起きさえすればその日一日は十分に動ける。

平村はパンを買いに行ったが、今日もぬえはいなかった。

パン屋の主人はぬえが休む理由なんか詮索しない。ぬえの仕事は来てもよし、来なくてもよし、来た時だけ手当を払う。「子供のお小遣いだから知れたもんですよ」と、主人は言う。

今日は床屋と風呂屋に寄って、それからぬえのところに寄ってみよう。

平村は塩豆大福を買って、夕飯はみんなで食べるつもりでアパートに残った即席ラーメンをみんな持ってでかけた。

心配した通りぬえは寝ていた。顔を真っ赤にして布団に収まっていた。「にせはしかですよ。寝ていれば治るから心配ないよ」、とおばあちゃんは言いながら、ぬれタオルでぬえの汗をぬぐっていた。ぬえは平村が来たのは分かったが、声を出す元気がなかった。

平村はぬえのそばに座って、「おじさんはぬえの熱が下がるまでここにいようかな」と言うと、ぬえはうれしそうに笑顔を向けた。そしてぬえが喉が渇いたというので、近くの自動販売機まで行ってジュースを買ってきた。ぬえは勢いよく一気に飲み干した。

しばらくすると、ちまきがお姉ちゃんに、わああ、わああと言っている。あかちゃんことばで何を言っているのかわからないが、腹が減ったらしい。平村が即席ラーメンに湯を注ぐと、ちまきは小さな手に長い箸をもって器用に食べ始めた。

しばらくするとおばあちゃんが、「先に寝ますけど気にしないで居てくださいね」と言って布団を敷き始めた。ここのところおばあちゃんはだいぶ弱っている。平村はわけのわからぬ焦りを感じた。

急がなければならない。おばあちゃんに万一のことがあった場合、自分ができることを見つけておかなければならない。それはどうすればいいのか、それが分からない。とりあえずは自分が誰なのか、証明するものを探すことなのかもしれない。

しばらくするとおばあちゃんの寝るその布団にちまきがもぐりこんだ。そしてすぐに三人の寝息が聞こえ始めた。

平村はそろそろ自分が退散する時だと思ってはいたが、ぬえの隣に横になっていて自分も寝てしまった。

「ママはみんなが寝るとすぐ泣きだすよ。ぬえが、ママ泣いているね。と言うとママはいつだって、『泣いてなんかいないよ、ママが泣けばぬえも泣くから』、て言うよ」

それはぬえの寝言だった。

10

パンダの箱舟にはぬえが乗っていた。ちまきが乗っていた。ぬえのママは乗っていない。そして平村が乗っていた。パンダが乗っていた。それは赤ちゃんパンダで隅の方でおとなしく乗っていた。

「おじさん、ほら天国についたよ」

ぬえの指さす方向を見ると、船はまさに上陸しようとするところだった。島はどこかで見たことのある景色だ。緑があり緑の向こうに絶壁がある。見慣れた鳥が舞っている。そこから見える植物にも何も難しいものはない。ただひとつ島を覆う空気が現実離れしている。

「ほら、神様が迎えに来てるよ」、とぬえが言った。

神様は白い着物を着ていた。裾を長くしていて脚はあるのかないのか分からない。歩くというより滑るように動く。顎髭が長く、髪の毛が長く、顔全体が毛に覆われて、顔は全く分からない。頭に金冠を載せていたし後光が射していた。

　波打ち際には同じような箱舟が五艘も並んでいた。神様はいらっしゃい、と言い、ぬえとちまきの手を取り下船を手伝った。平村も神様の手を握ったがそれは氷のように冷たく、とてもこの世の人の手とは思えなかった。

「皆さん集会所に集まっています」と、神様は滑るような足取りで先導したが、ちらりと顔が見えた。

「これは神様ではない」

　ヤーセンだ。精神科の先生でイスラエル人だ。

　ヤーセンは途中で消えた。

　すぐ先に丸太小屋があり、その前にはどこかで会ったような女性が手を振っていた。ぬえとちまきが一目散に走り出して彼女に抱き付くのを見たとき、それが二人のママであることが分かった。

　しかし彼女の全体像を認めたとき、平村は驚きのあまり動けなかった。

　それは丁度先日平村を見た女生徒が石像のように動けなくなったその全く同じ状態

を、いいえそれ以上の驚愕を今度は平村が体験した。

しい。椎。平村椎……

絶壁の下には絶壁に沿って川が流れている。その川を渡る鉄橋がある。

そうだ。椎はそこから川に飛び込んだ……

彼女は平村を見たとき、驚いたように彼を見つめたが、わざとのように視線を外した。でもその顔には小さな笑みがあった。彼女が平村にしか見せない笑みがあった。

気が付いた時には子供たちを抱いた彼女は消えていた。


集会所には二十名ほどが先着していて飲んだり食べてり話したりしてくつろいでいた。丸テーブルの上にはパパイヤ、マンゴー、バナナなどのトロピカルフルーツが並び、初めて見る果物や、どぎつい色をした飲み物があった。そばに黒人のコックがいて、食べたいものを指さしすれば食べやすい形に料理して、皿に載せて渡してくれた。

平村はやしの形をした大きな茶色い実を食べてみた。軽妙で美味な味はこの世のものではなかった。

ちまきはすぐ近くの席で顔いっぱいにチョコレートをつけてケーキを食べていた。

そばには彼女がいた。ちまきの顔じゅうについたチョコレートをヘラのようなものでぬぐいとり小皿にまとめていた。ぬえはご飯を食べていた。そばに海苔をおいて、そこへ彼女がみそ汁と納豆を運んできた。平村が不気味な味に酔いしれているところに、彼女は子供たち二人を連れて寄ってきた。すぐ近くに子供の遊具場があり、小動物園があり、花園があるという。

「天国でしか見られない動物植物もあるので一緒に行きましょう」と勧めた。

それは椎の声とは違っていたが、言い方のニュアンスが彼女だった。

平村は彼女のそばに居たかったが遠慮した。なぜなのか分からない。もう少し不思議な味を楽しみたかったのと、コーヒーの味を確かめたかったし、何より今日にしているものが夢なのか、現実なのか、現実だとすればどういう現実なのかを考えてみたかった。

どこからか神様ヤーセンの声が聞こえた。それはスピーカーからの音とは違い、耳の中から聞こえてくる透明な響きだった。イヤホーンをしているといえばいいのか、ボリュームがない天の声である。

「皆さん天国にようこそいらっしゃいました。皆さんの中にはなんで自分がよりにもよって天国に招かれたのかと、不思議に思っている方もおられると思いますが、実はそういう人しかお招きしないのです。神様の話なんか聞きたくない、という人もおられると思いますが、心配いりません。自動的に聞こえなくなります。

私の話を始めることにします。初めに皆さんは感動したことがありますか。たぶん感動したことのない人はいないと思います。音楽を聴いて、本を読んで、映画を見て。中には震えるほど感動して振動が止まらなかったという人もおられると思います。

感動なんかしたことがないという人でも高校野球やスポーツ番組を見て感動したことはあるでしょう。友達や親の親切に涙を流すことはあったでしょ。

実は人間である限り感動できない人はいないのです。では人はなぜ感動するのでしょう？　それはそこに真理があるからです。真理とは神とも言います。皆さんは理科の時間にエーテルという言葉を習ったことがありますか？　それは真空だろうと空気中だろうと宇宙のありとあらゆるところに浸透している物質、いや物質ではありませんから、何というべきか幽霊現象、どこへでも入ってゆく幽霊なのです。感動は脳でするのではありません。心でするのです。心とは幽霊現象の中にさまよう真理を受容するところです。心とは体の一部にあるのではなく体全体に浸透する幽霊現象でもあります。そしてそれはあなただけでなくすべての人の間に浸透しているのです。感動はあなた一人ではできません。それは世界中のだれかと、あるいはすべての人と共有しているのです。

あなた方がまだ神々と一緒に生きていた時代には、あなたと私が分かれる以前は、あなたの心はイコール私の心でもあったのです。あなたの心と私の心が分かれるようになると、それは個人として独立し、自由になり、知恵者になったのかもしれませんが大事なものも分かれてゆきます。それは無限にわかれてゆきますが実は一つのものなのです。一体であるはずのあなたと私の心が分かれてゆきます。それは無限にわかれてゆきますが実は一つのものなのです。そして感動はその忘れたものを呼び覚まします。共感し共鳴し、真理を味わうのです。人生は共感への旅なのかもしれません。

共感ではまだ心がバラバラで過去に一つのものであった時代の郷愁でしかありませんが、一段階進むと心は一体化しようと激しく求めあいます。これが愛です。

あなた方は無性に愛しいと感じたことはありませんか？　恋人、夫婦、親子、友人、師弟、兄弟、同性同士でも何でも構いません。

ではなぜ愛しいと思うのでしょう。そこに真実があるからです。愛しいと思う者、愛しいと思われたい者が存在する。真実とは何でしょう？　心の叫びです。一体化しようとする心の叫びです。愛は一人では成立しません。必ず相手があります。真実の共感には必ず喜びが伴います。真の愛とは愛する喜びと愛される喜びが両立したものです。愛するということと愛されるということは全く一つのものの表と裏です。どちらかが欠ければそれは全く存在しません。愛によって一体化しようとする魂は、魂とは心のことです。愛は激しくお互いを求めあいます。合体しようと求めあいます。そしてそれが真実のものであるなら、それが合体する時には不思議な現象が起こります。愛の奇蹟という現象です。

こちらに来ている人の中にもその奇蹟を体験している人がいます。その人たちを指さしはしませんが、熟年夫婦です。妻の献身的な愛がまたその愛に感謝し受け入れようとする夫の愛が、夫のガンを、それも末期がんを克服しました。

今学者が躍起となってその原因を探していますが、発見することはできないでしょう。なぜなら医者は見えるものしか信用しないからです。心はエックス線には映りません。映らない限り解決の道は無いでしょう。神の世界においては誠に簡単な真実なのですが…

もう一組紹介します。それは次々と人を撥ね疾走する車の前に弟が飛び込み兄を助けたという事実でありますます……」

そこで神の声がいったん消えた。

しばらくするとまた聞こえ始めた。

「皆さんは死んでいく時の人の声を聴いたことがありますか？　年老いて亡くなるお

じいさんの声を聞いたことがありますか？　末期がんで亡くなろうとする人が看護する人たちに、さよならする時の声を聞いたことがありますか？

それはそれは驚きますよ。なぜなら…その声は健康そのものですから。年老いても全く心の中は若人です。

なぜでしょう。無くなろうとするものは身体だけだからです。魂はその体を離れるだけです。そうです、身体と魂は全く別のものなのです」

そしてどのくらい神の声を聞いていたのだろう。とても短い時間であったのかもしれない。ところどころ分からないところもあったが、おおむね理解できたと思う。

「おじさん、そろそろ船が出るんだって」

ぬえがいつの間にか戻ってきて隣にいた。

「ママは？」

「いないよ」

箱舟にはパンダが既に隅の方に陣取っていた。

愛の奇蹟か、と平村は思った。平村にとってどんなことが起きれば愛の奇蹟になるのだろう？

ぬえに会えたということ自体が奇蹟だとでも言うのだろうか。奇跡とはそんな蜃気楼のようなものなのか。

神様か…イスラエル人のヤースン先生……。

彼が俺に催眠術をかけた。

11

このところおばあちゃんはめっきり弱って、出歩くことはほとんどできなくなった。平村は焦った。焦るだけで何もできていない。どうすればいいのかも分からない。

ぬえは今日、おばあちゃんの年金を引き出しに行って、家賃や電気料、水道料、ガス代やらを支払いに行っているはずだ。

昨日はパン屋の主人からもらったパンを大事そうに抱えて、家へ向かうぬえを見たが涙が出てきて、声が掛けられなかった。

おばあちゃんに万一のことがあった場合、自分はどれだけのことができるのだろう。

自分が篠原一夫だと証明されれば、ぬえとぬえの家族をより有効に助けられるのだろうか？

　昨日また篠原一夫宛ての立川職業安定所からのはがきが何者かによって投げ込まれた。

「至急連絡ください」

　内容は以前に比べるとだいぶ切羽詰まっている。

　自分が一体誰であるのかが分かるのが、ぬえと家族を手助けできる大前提であるのなら、職業安定所をまた訪問してみよう。

　前回のような失敗がないように、平村は自分の言うべきことを書き並べてみた。

「自分は平村百舌ではなく、どうも篠原一夫らしいのです。毎月何者からか篠原一夫宛ての失業給付書が投げ込まれるのです。江戸川区小岩に住んでいる平村百舌のところに東京都立川市に住む篠原一夫宛てのはがきが、です。僕は自分が誰か全く分からないのです。気が付いたのは江戸川区小岩の新生荘で頭を誰かに強く打たれて、そこに寝かされていたのです」

　正直に全部をぶちまけてみよう。

　でも、自分の正体を本当に知りたいのであれば、職業安定所ではなく立川市柴崎町の篠原一夫を訪ねるべきではないのか。そして自分が誰であるのかを教えてもらうべきではないのか。

しかし、それは抵抗があった。大きな不安があった。

なぜ……？

それは…もし自分が過去の自分である篠原一夫に帰った時には……夢から覚めた時には、ぬえが自分のそばにいるという現実が消えてなくなるのではないか？

篠原一夫と平村百舌が共生する、一人の人間が二人を演ずる…それは不可能である。平村の正直な心根は、今の現実がどんなに大変であっても、不安定であっても、ぬえと生きたい。

夢から覚めるとは、苦しくて逃げ出してきた現実に戻ることなのかもしれない。もちろんそこにはぬえなどいないだろう。

もし…ぬえへの愛が本当の真実であるのであれば、神の奇跡に出会えることがあるのかもしれない。神様はそう言っていた。

そして中途半端な気持ちで立川に向かった。細い雨の降る寒い日でジングルベルが街中に少し大きく流れるようになっていた。

立川駅を降りると十日前に通った道を歩いた。時刻も大体同じころだ。その日と同じようにインドパキスタン料理店の前でコックが立って、宣伝チラシを通行人にばらまいていた。受け取る人がほとんどなく反応がないので、チラシをもって立つ人形のようだった。

職業安定所の受付にはがきを見せると女性職員は所内電話で話したが、「二階の小会議室へ入って待っていてください」と言った。小会議室は四畳半ほどの広さで、真ん中に長方形のテーブルがあり二脚、二脚の椅子が相対していた。四方の壁にはカレンダーと時計があり、キャスターのついた白板が置いてあった。

平村が待ち始めるとすぐに背が高く髪をきちんと整え、眼鏡をかけた男がドアーを開けた。どことなく風変わりな男で、人間とはほとんど接触がなく本ばかりとつきあっているというような感があった。

男は立っている平村に座るように指示すると平村の前の椅子に座り、持ってきた書類をテーブルに置いた。そして名刺を差し出した。

「立川職業安定所管理課相談係松田久志」とあった。

「今日は江戸川区小岩から来ましたか?」

松田が唐突に切り出した。

平村は「アッ」と叫んで答えられなかった。松田の衝撃パンチはさらに続いた。

「篠原一夫さんですね？」

なんで俺が篠原一夫であることが分かったのだろう？　なんで俺が江戸川区小岩に住んでいることが分かったのだろう？　篠原一夫は立川市柴崎町に住んでいるはずだ。

平村は口を開けたまま返事ができなかった。そんな平村の表情を全く無視するかの如く、強烈パンチはさらに続いた。

「篠原一夫さん本人ですね？」

口は開け続けたまま何をどう言っていいのかわからない。

「篠原一夫さん本人ですね？　だって？」

その本人であることを証明するものがなくて苦しんでいるのじゃないか。体中から神経を制御するものが外れてさぞかしだらしない格好なことだろう。

松田の言葉がまた聞こえた。

「実はですね。立川市柴崎町の篠原一夫さんの失業保険金を篠原一夫さんが不正に受理されていることが証明されたのです。そこで返還命令が出されました。返還が無事収束すると返還された保険金額の一部あるいは全額があなたに送金されますので…」

この人はいったい何を言っているのだろうと思った。わからない。まったくわからない。頭が割れそうである。

「そこでその支払いに関する手続書類を江戸川区小岩の篠原一夫さん、つまりあなたのところに送りたいのですけどよろしいでしょうか？」

「ちょっと待ってください。何を言っているのかまるで分かりません」

「あなたではちょっと無理な気がします。弁理士に頼みなさい」

「弁理士？　弁理士って何ですか？」

「あなたの代わりに煩雑な事務処理を代行してくれる人ですよ。裁判所の近くに行けば、看板がたくさんあるからすぐにわかりますよ」

「でも僕のところには本人であることを証明するものが何もないのですよ」

「それは弁理士がやってくれますから何も心配いりません」

　この男は何を言っているのだろう。本人が悩んで悩みぬいている問題を見も知らない他人が証明する？　そんなことができるわけがない。なにがなんだかまるで分からない。頭が痛い。割れるように痛い。前にもこんな痛みがあった。発狂するかもしれない。

　発狂すればどうなるのだろう？　元の篠原一夫に戻るのかもしれない。彼は石像になって自分を見続けていた女学生を思い出した。

でもそれでいいのだろうか？　元に戻れば、篠原一夫に戻れば、ぬえのことは記憶から消えるだろう。ぬえには会えなくなる…？

それは…困る。

平村は夢遊病者のように帰路についた。意識が無意識に変わる中で平村は何かを見続けていた。つけられている。職業安定所に入る前から？　いや職業安定所を出た時からずっと…後をつけられている…

隣の車両の中からこちらを見ている…視線を変えることなくこちらを見続けている。男はドアーを開けて平村の車両に入ってきた。こちらに来るなと思ったとき、電車のドアーが開いた。高円寺駅の高架ホームである。平村はすぐさま電車を降りた。と、男も降りた。そして平村に近づいた。

平村は本能的に身構えた。男は何かを隠し持っている。スーツの内ポケットから何かを出した。それは写真だった。

「これが一夫さんで、これが僕ですよ。覚えていますか？」と言いながら、男はさらに内ポケットをまさぐっていた。

「危ない！」

平村がまだ内ポケットをまさぐっているすきを狙って、相手のそばを通り逃げた。夢中で逃げた。と、前から来た乗客を避けようとして、頭からホームの下に転落していった。

平村は線路に落ちていきながら、彼が誰だかわかった。

「俺はなんて恥知らずなことをしたのだろう」

12

病室のようだ。

ベッドに寝ている。

どこからかカチカチと音が聞こえる。カチカチの音はだんだん大きくなる。

天井あたりがピカッと光った。カチカチカチさらに大きな音を立てて、天井から何かが落ちてくる。

振り子だ。カチカチカチカチはさらに大きく音を立てて、振り子は揺れて揺れて、大きく大きくなってくる。目の前に迫ってくる。危ない。危ない。振り子の先に刃物がある。刃物は揺れながら迫ってくる。危ない危ない。

血だ。血が散った。

切られた。切られた。

死んだ。死んだ。


カーテンのすきまから陽が射していた。

目を開くと真っ赤だった。

血だ！

平村は慌てて起き上がった。と、同時に血は向こうへと飛んで行った。

それはサンタクロースのぬいぐるみだった。ぬえとちまきのためにそろえた二着のぬいぐるみだった。

時計を見ると十一時を過ぎている。子供たちのサンタクロースの行列のイベントは今日かもしれない。

平村はコートをひっかけ、サンダルをひっかけてパン屋に急いだ。パン屋のカレンダーは二十四日のところに丸印がついていた。

「よかった。今日だ。間に合った。今日だ。今日の午後三時からだ」

パンで昼食を済ませてから行こう。

パン屋にぬえはいなかった。おばあちゃんの世話だろう。このところおばあちゃんの衰弱はだいぶひどくなったように思う。

13

平村が子供たちの家に着くと、二人は今か今かと平村を待ちわびるように外に出て待っていた。今日のおばあちゃんは体調が良いせいか、布団の上に座ってにこにこしていた。おばあちゃんに挨拶をすますと、平村は子供たちにぬいぐるみを着せた。三人は集合場所に向かった。そこにはすでにたくさんの小さなサンタクロースが集合していて、とても賑やかだった。

大きなスピーカーを載せた車を先頭にして、サンタクロースの歌に合わせて、子供たちは二列縦隊になってメイン会場へと行進を始めた。沿道にはたくさんの父兄がいて子供たちを拍手で応援した。百メーターほど歩くとメイン会場で、そこには本物の大人のサンタクロースが待っていて、到着する子供たちにプレゼントを渡した。そして会場ではサンタクロースが三人ずつに分かれて、順番にダンスを踊った。上手に踊ったグループにはお菓子が渡された。

子供たちのダンスが終わると、平村は居並ぶ露店で子供たちに綿あめを買った。チョコバナナを買った。ジュースを買った。ジュースを売る店ではジュースの空き缶をくれた。売り場のおじさんは地面に丸い輪を描き、ジュースを立てて置き、上から踏んづけてみろと、プロレスラーが履くような大きな靴を持ってきた。靴の底は鉄板だった。平村がその靴を履き、えいやとばかり踏んづけると見事に缶がぺったんこになった。そうして景品だと言ってもう一本の缶ジュースをもらった。ちまきもすると言ってきかないので靴を履いたが、重くて持ち上がらなかった。ぬえは何とか持ち上がったが、足を下ろすと同時に缶は遠くへ飛んでしまった。

露店の中におもちゃの牛を売る店があって、子供たちが群がっていた。頭をたたくと牛は口を開いてモーモーと鳴いた。ちまきも牛の頭をたたいた。牛は口を開けてモーモーと鳴いた。ちまきはまたたたいた。モーモーと鳴いた。そしてまた叩いた。モーモーと鳴いた。さらにたたいた。モーモーと鳴いた。ちまきは何度も何度もたたいた。牛の頭は胴体から離れて道路に転がった。ちまきはそれを拾い上げ胴体にくっつけようとしたが、つかなかった。牛売りのおじさんは困ったような顔をして平村を見た。平村は黙って千五百円を支払った。

ちまきは牛の頭を胴体に何度も付けたが諦めた。そしてもう眠くなったちまきを平村はおんぶして帰る道に向かった。平村の背で眠りながら、それでもちまきは牛の頭と頭の離れた胴体を両手にしっかり握っていた。

元旦はぬえの家族と一緒におばあちゃんの作った雑煮を食べた。年末残業が増えて、平村の手取りが増えたこともあって、正月くらいは子供たちを遊園地に連れて行ってあげたかった。

「みんなで遊園地に行きましょう！」と平村は切り出した。と、すぐにぬえが反応した。

「遊園地より新幹線がいいです。ちまきは新幹線が大好きなのです」

ちまきは「新幹線、新幹線」と、言い続けている。

「見るだけでいいです。どこか見えるところに連れて行ってください」ぬえが言った。

平村は考えた。そんなに好きなのなら、ただ見るのだけではなく、新幹線に乗せてあげたい。

どのくらいの費用が掛かるのだろう。一番安く新幹線に乗れる区間は東京―新横浜の区間だ。小岩から三人で行ったとしても五千円あれば足りるのではないか。一日の手当以上の金額になるが、すぐに子供たちの喜ぶ姿が目に浮かんだ。

平村は早速小岩駅に予約に行った。計算通り五千円で少しおつりが出た。

正月の混雑日は避けて、一月六日に行くことにした。

その当日一月六日は薄曇りで、いつ雨が降ってきてもおかしくない天気だった。

ぬえは洗濯物を家の中につるして平村を待っていた。その日は起きられないおばあちゃんをそこにおいて、傘をもって三人で出かけた。ぬえは肩から幼稚園バッグのようなものをかけ、その中には朝早く起きて作ったおにぎりが五つも入っていた。姉妹はハンカチの真ん中だけが膨らんだ帽子をかぶり左右から出た白いゴムが首を留めていた。

小岩の駅から電車に乗り、秋葉原で降りて東京駅行きに乗り換えた。東京駅を降りて新幹線のホームを探したが、さあどこにあるのかわからない。下見に来られなかった貧しさである。あっちへ行ったりこっちへ行ったり、階段を上ったり下りたり、人に尋ねればますますとんでもないところに連れていかれる。そうしてどのくらいの時間捜し歩いただろう。三十分近く歩いたかもしれない。三人はどこでどう間違えたのか知らぬ間に東京駅の構内ではなくデパートの中に紛れ込んでいた。

ふと気が付くとちまきがいない。どこに行ったのだろう。平村はちまきを呼んだ。ぬえもちまきの名を呼んだ。二人は人目を気にせず大声で呼んだ。なかなか見つからない。二人は近くにあった椅子に座り込んだ。

と、向こうの方で、「これ待ちなさい。それは泥棒でしょう。泥棒になるわよ」、と言いながらバタバタと誰かを追いかける女子店員がいた。

見れば店員の前を小さな女の子が走っていく。

「ちまきだ！」

ぬえは一目散にその方向に走った。平村もぬえを追った。

ちまきは階段を走りおり逃げたが、持っていた傘が階段の手すりに引っかかった。ちまきは石ころのように階段を転がり落ちた。

階段の終点には大勢の買い物客が野次馬となって周りを囲んだ。

「妹です。妹です」

ぬえは必死になって叫びながら、ちまきを抱き上げた。ちまきは失神したようだ。しばらくは動かなかった。

ちまきの手はしっかりと何かを握っている。ぬえがその指を一本ずつ開くと、そこには赤白紫青緑黄色の帯線が流れているガラス玉があった。

平村の予約した新幹線の代金はすべてそのガラス玉代金に変わった。

子供たちはもう新幹線には乗れないことを、子供ながらに悟っていた。

平村は、せっかくぬえの作ったおにぎりを食べずに帰る手はない、と思った。近くにどこか公園がないかと、尋ねてみると、すぐ近くにあることが分かった。

そして公園のベンチに座って、三人がおにぎりを食べていると、ゴオーゴオーと音をたてて通り過ぎるものがあった。

「新幹線だ！」

それはほんの少ししか視界に入らなかったが、本物の新幹線だった。

子供たちは飛び上がって喜んでいた。

14

平村はだいぶ前から漠然とだが予感していた。一週間前？　二週間前？　それより前かもしれない。それは今日来るのか？　それとも明日？　明後日？　いずれにせよそんな先のことではない。

それは何がどういう形で来るのかは分からない。

自分の見ている現実に変化が起こるのか。それとも自分がまた別人に変化するのか。

なんにせよ正面から受けよう。自分の運命である。勇気をもってひき受けよう。それは決心していた。根無し草のこんな男に何が来たって怖くはない。しかし不安はあった。

そしてその日がとうとうやってきた。

カーテンのすきまから陽がさしている。平村は時計を見た。十時半を少し回っている。

カレンダーを見た。二月十二日。

それは玄関の土間のドアーを開ければそこに待っている。平村の運命を握る者が立って待っている。

平村は起き上がると布団の上に座り、呼吸を整えた。そしてしっかりと立ち上がった。玄関まで行きゆっくりドアーを開けた。

と、そこには意外な者が立っていた。

それは残酷な殺人鬼でなく、凶暴な大男でもない。まして警察なんかではない。精神科の医者でもない。

それはもっともっと、最も弱い者であった。しかしそれは何より恐れていたものであった。なぜそれを考えなかったのか……それだけは考えたくなかったからだ。

女の子である。ぬえであった。

たぶんつらくて逃げ出したのであろう過去に戻れば、夢の世界の住人であるぬえは消える。

本当にそう思った。その方がよかったのか？

つらい過去に戻って、そこでぬえを支える方策はなかったのか？

……でも戻れなかった。

夢の中でのことだ、そんなにつらいことなんか起こるわけがない…そう思おうとした。

ぬえは目に一杯涙をためて言葉にならないものを平村に訴えた。それから突然「わっ！」と破裂すると平村に飛びついた。平村の下半身を捕まえると大声で泣きじゃくった。

何が起きたのかすぐに分かった。平村は折り重なるように上からぬえを抱いた。

「ごめんなさい。おじさんは何もできないのだよ。済まない。おじさんにはどうしようもないのだよ。ごめんなさい。弱いおじさんでごめんなさい。馬鹿なおじさんでごめんなさい」

ぬえの家まではぬえを抱きかかえるようにして歩いた。

ぬえの家にはもう何にもなかった。白い布にまかれて縛られたお骨がまず目に入った。リンゴ箱がひっくり返して置かれ、白い布がその上にかぶせられて、箱の周りには細く長く切った白と黒の紙が交互に貼られていた。リンゴ箱の上には菓子箱の空き箱が置かれ、その中には戒名の書かれた分厚い紙が白黒のひもで結ばれていた。お皿があり、お線香が数本載っていたが、マッチはなかった。

畳の隅には小さな風呂敷包が三つあった。そのうちの一つからは、頭のない牛が飛び出していた。

ちまきは膝をつきお骨の前におとなしくポツンと座っていた。平村とぬえがちまきを挟んで座ると、ちまきはすぐに平村の膝へと移動した。

しばらく三人で頭を下げ座っていると後ろから声がした。声の方を向くと、それは老婆だった。真っ黒に日焼けし、顔にも、首にも、しわが縦横に走っている。しわの奥には土ぼこりがしみ込んでいるような、そんな感じのする老婆だ。服装といえば野良着で、畑仕事から直接駆け込んできたのかと思える。頭は手拭いで巻いていた。

老婆は頭の手ぬぐいを取ると平村の前に膝をついた。

「叔母のサトです。ぬりえがお世話になりました。ぬりえとちまきは私が連れて帰ります」

連れて帰る……？　どこへ？

平村は、ぬえをどこに連れていくのか聞こうとしたが、その時はもうサトおばさんはいなかった。

どこからか声が聞こえる…

男の声だ。

「お名前は分かりますか？」

今度は女の声だ。

「お住まいはどこですか？」

お名前？　おすまい？

一段と声が大きくなって、

「お名前は分かりますか？」…「お住まいは分かりますか」

男の声と女の声が混じって、交互にくりかえしている…

目を開くと天井の大きなライトが眩しい…

その真ん中に女の顔が現れる。

「お名前は分かりますか？」

名前？　名前だって？

女の顔が男の顔に変わった。

「お名前は？」……「住まいは…」

名前？　なんだろう？　住まい？　どこだろう？


遠くまで行った。

でも戻れなかった。

でも戻らなかった。


カーテンの隙間から薄明かりが漏れていた。

カーテンを開くと外はしとしとと雨が降っている。

夢だ。これは夢だ。


時計を見ると十時十分。平村はあるものすべてを着て、傘を取って、冷たい雨の中をぬえの住まいへと急いだ。

……そこにはぬえも、ちまきも、おばあちゃんもいない。三人が住んだ形跡すら何も残されていない。

残されているものは、ただ平村の心の中に鮮やかに巣食う、ぬえとちまきの思い出だけだった。

平村はパン屋に行ってみようと思った。ぬえのいないパン屋に行こうと、傘を取った。

傘を……それは確か、パン屋でぬえが平村に手渡したものだ…

夢の中で。夢が消えると、夢と言う現実が残った。

ということは夢にも続きがあるということだろうか？

15

ぬえをなくした平村の生活は地獄のそれだった。体の機能を制御する何らかの器官が壊れた。寝ても覚めてもぬえが見えた。地獄だって目をつぶれば何も見えなくなるだろう。ぬえが「おじさん！」と言って近づいてくる。「さよなら！」と言っていつまでも手を振っている。街を歩けばぬえがあちらこちらにいる。近づいてよくよく見ればぬえではない。

「ぬえ。おじさんをちょっと休ませてくれよ。おじさんだって考えごとする時間が必要なのだから」

ぬえは一度だけママの思い出を話してくれたことがある。それはちまきがまだママのお腹の中にいた時のことかもしれない。

一面真っ白な銀世界を、ぬえとぬえのママが歩いていた。二人の歩いた足跡が銀世界の上に延々とつながっている。たくさん、たくさん歩いて、あたりは少し薄暗くなってきたかしら。遠くの方に、ポツンと灯りがついて、ママが指さした。

「ほらあそこがパパの家だよ」

でもそれは遠く遠くの向こうだった。

「ぬえは歩けるかな」

少し歩くとママがおぶってくれた。

外はだいぶ暗くなって、ぬえはママの背中で眠っていたみたい。

ママはぬえを元気づけるために、「じんぐるべる、じんぐるべる…」と歌ってくれた。

そうすると、後ろの方で、シャンシャンシャンシャンって、鈴の音が聞こえたんだよ。後ろを見るとトナカイがそりを引いて、サンタクロースが運転してたよ。

そりはシャンシャンシャンと音をたててぬえとママを追い越していったよ。

「ほらもうそこだよ」ママが言ったよ。

やっと着いたよ。雪の中にすっぽり埋まってとても大きな家だったよ。雪の階段を上って玄関の戸を開けると、とても広い土間で、そこはおうちが建つくらい広い土間だったよ。

でもそこはパパのおうちじゃなかったみたい。だって出てきたのは鬼だったよ。女の鬼だった。おばあさんの鬼だよ。髪を振り乱してとても怖い顔していた。

ママは鬼と何か言い合いしていたよ。でも最後になると鬼が土間にむしろを敷いてくれたよ。そこでぬえはママと一晩中抱き合っていたよ。寒くて寝られなかった。でもぬえは泣かなかった。ぬえが泣けばママも泣くから。ママはいつも言っていた。

「ママが一番悲しいときはぬえが泣く時だって」

朝まだ薄暗くてよく見えなかったとき、ママとぬえは出発したよ。足跡が点々しているところを戻ったよ。ぬえたちの足跡の隣にサンタクロースのそりの跡がずっと続いてたよ。ぬえは一度もおぶってもらわずに駅までずっと歩いたよ。ママが一晩中寝てないのを知ってたし疲れているのを知っていたから、ぬえはがんばって駅まで歩いたよ。ママの手がとても冷たかった。ぬえが温めてあげたよ。

駅まではとても遠かったけど、駅前のそば屋さんはとてもおいしかったよ。立ち食いそば屋だよ。白い煙が高く高く昇って、火傷するくらい熱いそばだったよ。蒸気だよ。そこへもくもくと真っ黒い煙を吐いて汽車が来るんだけど。でもいつまで待っても、汽車はなかなか来なかったよ。

そばはとてもおいしかったよ。お揚げさんがあって、ネギもたくさん入っていたよ。ぬえはみんな食べたけど、ママは食べなかった。ハンカチを鼻の下にあてて、涙を隠してた。

隣の部屋の明かりがふすまから漏れている。ぬえとちまきの声が聞こえる。

「これおじさんのだよ」

「これおじさんの？」

「最初にバターと砂糖を混ぜるよ」

「これは？」

「それは最後だよ」

どうやら二人で菓子を作っているらしい。パンダの箱舟かもしれない。

平村はふすまを開けて二人を脅かしてやろうと思ったが、もう少し幸せの気分を味わいたかったのでやめた。

待てよと、平村は思った。

隣の部屋にはレンジなんかない！　レンジどころか電気はあるが電灯はつけたことがない。電灯なんて買ってない。

そして眠ってしまった。

何かに気づいて、がばっと起きた。ふすまをぱっと開けてみたが、ぬえの姿もちまきの影もない。あわてて玄関土間に行き、ドアーを開けた。外は真っ暗である。

そこから廊下の左右を見渡したが、二人の形跡は見当たらない。平村はもしやと思って階段を下りてみた。夜の街は人一人通らず静まり返っていた。

部屋に戻ろうと、ドアーを閉めたその時、上の方からひらひらと紙が舞い降りてきた。ドアーの上の隙間に挟まれていたようだ。なんだろうと見ると、それはぬえからの手紙であった。

「東京都江戸川区小岩三丁目新生荘平村百舌様」

それはたぶんサトおばさんが書いた文字だろう。平村は裏を返した。

「福島県南会津郡檜枝岐村檜枝岐藤間ぬりえ」

平村は震える手でぬえの手紙を開いた。手紙は慣れない手つきで一生懸命に書いてあった。

「おじさん元気ですか。ぬえは元気です。ちまきはげんきです。ぬえとちまきは山の中の山おくでくらしています。ふくしまけんの里おばさんのところにきています。やさいのこやをなおして、ぬえとちまきがねられるようになおしてそこにすんでいます。みんないいひとばかりであんしんしてください。あさからうしのせわをして、やさいのかわをむいたり、やさいをはこにつめたり、はたけにはこんだり、ひりょうをまいたりしています。いまはふゆでゆきにかこまれているのでゆきにかこまれてないところにはこびます。いちにちがとてもはやくすぎていきます。すぐにくらくなります。こいわをでるときとてもたいへんなことがあったのですよ。おじさんはしらないけどこいわのながやのおくで、そこにうさぎごやがあって、そこでうさぎをかっていました。ちまきはいつもごはんをのこしてそれをうさぎにあげていました。ふくしまけんにいくので、うさぎはふくしまけんにもっていけないから、ぱんやのおじさんにたのんでこいわしょうがっこうにあげたんだよ。そのひはちまきはいつまでもないていた。

ふくしまけんにいくひにちまきがいなくなって、里おばさんもぱんやのおじさんも、ぬえもみんなでちまきをさがしたけどみつからなかった。ちまきはどこにいたとおもいますか。ちいさなうさぎごやのなかに、ちまき、うさぎになってじっとうごかないでそこにいました。

いまはよるです。とてもくらいよるです。おほしさまがとてもおおきくあかるくひかっています。いつももうねてるけどきょうはがんばっておきておじさんにてがみをかいています。このあいだとてもふしぎなことがあったよ。よるおそくちまきがおきだしてはだしでゆきのそとへとびだしました。おばあちゃんがきた、おばあちゃんがきたといってとびだしていきました。ぬえはちまきをおいかけたよ。そうしたらほんとうにおばあちゃんがいたんだよ。せなかがみえたけどおばあちゃんのせなかだったよ。

もうおそいからまたてがみをかくね。おじさんもてがみをくださいね」

平村は手紙を握ったまま動けなかった。両こぶしは固く握られて小刻みに震えている。体全体が震え始め両の目から涙が流れ始めた。泣き声は何とか抑えていたが、それも限度があった。うおっつ、うおっつと嗚咽する声が始まり、それはいつまでも続いた。

「ごめん。ごめんなさい、ぬえちゃん、ごめんなさい」

平村はそれを繰り返した。

「あしたは立川に行こう。篠原一夫を訪ねよう。きっと何かがわかる」

俺が篠原一夫だとしたら？　篠原一夫だとしたら？　と、平村は考えた。

ぬえはどうなるのだろう？　ぬえをどうすればよいのだろう？　俺にはどうすることもできない。篠原一夫になったとしても、俺にはどうすることもできないだろう。

いずれは農家の生活に慣れてぬえはたくましく成長してゆくだろう。俺なんか忘れてたくましく成長していってほしい。それが一番いいことなのかもしれない。

でも俺はどうなるのだろう。一切生き甲斐のない、暗い無意味な生活の中で、この弱い俺が果たして生きられるだろうか？

この根無し草の生活の中で生きられたのは……俺はこの生活が好きだったのかもしれない。

俺にはぬえと毎日会える生活がたのしかったのかもしれない…

ぬえは成長しなくていい。

たくましく成長なんかしなくていい。ぬえのそばにいたかった。ぬえをそばにおいておきたかった。

ぬえの息遣いが毎日聞けるところにいたかった。

16

朝が来て夜が来た。朝が来て朝が来て、夜が来た。夜が来て夜が来て朝が来た。

月曜が来て、火曜が来て木曜が来て木曜が来た。

雨が降り雪が降り雪が降った。晴れの日もあった。曇った日もあった。

人は食べて働いて疲れて眠った。そういう日々が何十年何百年と続いた。年をとって動けなくなれば死ねばよい。考えることはよくない。思い出はもっと良くない。

平村はローテーション勤務をフリー勤務に変えた。

これは時給こそ少し下がるが、午前十時から午後二時までの昼の清掃時間帯、午後十時から翌朝午前二時までの夜の清掃時間帯に行きさえすればいつ行っても働かせてもらえる。学生アルバイトが多いが、しょせん一人仕事である。

朝十時前に起きれば十時からの日勤に行った。午後四時に起きれば、午後十時からの夜勤で働いた。一日に日勤と夜勤の両方を兼ねたこともある。ひたすら考えないことにして、体を疲れさせ、ひたすら眠る。気が狂うことから自分を守る一番の方法かもしれない。

平村はそれを本能的に悟った。

そんなある日。日勤の終了後に商店街で可愛い洋服を見つけた。サンタクロースのぬいぐるみを思い出させる真っ赤なワンピースである。さぞかしぬえには似合うだろうと思った。そばには一回り小さいサイズのものも並んでいた。ぬえ姉妹にはもってこいのものである。平村はそれを買った。

小包に洋服とチョコレートと納豆を詰めた。手紙も書いた。

「ぬえ元気ですか。ちまきも元気ですか。おじさんも元気です」と、書こうとしたが、それはやめた。

「ぬえ元気ですか。ちまきも元気ですか。おじさんはぬえに会いたい。とても会いたい」と、書いて小包に入れた。そして福島県の南会津郡に送った。

しかしぬえからの返事はなかった。一週間待っても返事はなかった。返事がないと急に心配になってきた。

「福島へ出かけよう」

平村は考えた。思いついたように座り机の引き出しを開けた。毎週末になると手当は現金でもらえる。引き出しには投げ込んだままの千円札がたまっていた。三十枚はあるかもしれない。福島に行くとなれば、どれくらいの費用が掛かるのだろう。平村はいったい今、貯金通帳の残高はどれくらいあるのだろうと思った。家賃は事件があってから銀行振替に変えた。あれから何か月にもなる。そろそろ底をついていることろだろう。赤星興産がまた脅しに来るかもしれない。ここの現金を入金するとして、果たして福島に行く費用を捻出できるのだろうか？

平村は銀行へ出かけた。が、そこには大変な事件が待っていた。

平村は呼吸することすら忘れてただただ銀行通帳を見続けた。

十二月三十日。入金二百万円。

バス会社の周りを囲む桜の木はまさにつぼみがはじけようとしている。今は三月を過ぎている。三か月間も前に二百万円が入金されている。

これはどういうことなのだろう？　これはいったいどう解釈すればいいのだろう？

平村はもぐもぐ自問しながら銀行を出た。立ち止まってはまた歩いた。

そしてまた立ち止まった。

しばらくして平村が口にしたのは…

「俺は生きているのではなく、生かされているのだ…」

生かされている？　生かされているとしたらいったい誰に？

「俺は間違っていたのかもしれない」

平村は立ち止まると独り言を言った。

「俺は間違っていたのかもしれない。俺は篠原一夫ばかりを追いかけていた。篠原一夫に戻ることばかりを考えていた。でもそれは違うのかもしれない」

平村はもぐもぐ言いながら新生荘へと歩いた。

「俺が本当に、真っ先に追いかけなければいけないのは篠原一夫ではなく、平村百舌なのかもしれない」

平村百舌とは誰なのだろう？

17

新生荘の階段を上がるときに平村はまた新しい事件に遭遇した。

平村の玄関ドアーに女学生がはがきを差し込んでいるのだ！

それは制服こそ着ていないが、石像になって平村を凝視し続けたあの女学生だ。

平村はただ茫然と見続けていた。

彼女は自分の仕事を終えると、急ぐ風でもなく、平村が上ってきた階段とは逆方向の階段を下りて行った。

はっと我に返って、平村は女学生を追った。

彼女は平村が追ってくるのを知っていたかのように、階段の下で平村を待っていた。

そしてひどい形相で平村をにらみつけた。

平村は何にも言えなかった。

女生徒は平村の手が届く距離までやってきた。

「お父さん。何いつまでもばかなことをしているのよ」

何？　馬鹿だと。もう一度言ってみろ。

平村は口には出さず手を上げた。

俺がこんなに苦しんでいるのに、バカとはなんだ。平村はぶんなぐってやろうと思ったが、それはできなかった。平村は上げた手を下した。

女生徒はなおも近く平村のそばにより、平村の両腕をつかんだ。

「お父さんは自分の娘がわからないの？　娘の知恵よ。知恵が分からないの？」

平村は何も言えず、ただ知恵を見続けた。それから黙って頭を下げた。

「本当に分からないのね」

知恵の目には涙があった。

「本当に分からないのね」

「ごめんなさい。本当に分からないのです」

それは声にはならなかった。

ごめんなさい。本当に自分が誰だか分からないのです。

知恵は平村の腕を放した。背中を向けると、小岩の街の方へと消えた。


平村が部屋に戻ると、その同じ日に三回目の事件が待っていた。

それは封書である。薄い青と薄い桃色が繊細に絡み合う和紙に収められた美しい封書であった。それが土間に落ちていた。たぶんだいぶ前に投げ込まれたものかもしれない。平村が気付かなかっただけの話である。

平村は封書を取り上げると、差出人を見た。

「長野県北安曇郡穂高町穂高三九〇二番地　平村雲雀」

平村雲雀？　誰だろう？　全く心当たりはない。

平村は中身を開けた。

美しい便せんだった。和紙から雲雀が飛び立とうとしている。

「あなたに話があります。いつでもいいから出かけてきなさい。私の方から出かけてもいいのですけど、高齢と足を悪くしてしまって行けません。私はいつでも家にいますから、一切の連絡はいりません。よろしくね」

封書の中には、ほかに小岩から穂高までの乗車券、新宿から穂高までの特急あずさの一般席急行券が入っていた。よく見ればそれにくっつくようにして、一万円の商品券が入っていた。

平村はバスの清掃をするようになって買った、もう擦り切れて底からは足が見えるようになっていた運動靴を新調した。それからシャツを一枚買った。まさか手ぶらではいけないだろうと、お土産を探した。小岩の名産がいいだろうと、年配の婦人を探して、小岩の名産を尋ねた。おこしがいいという人と、煎餅だという人がいた。平村はその両方を買った。

そして穂高に向かった。

列車が松本盆地に入ると車窓には北アルプスのパノラマが展開した。その雲の上にそびえる北アルプスを背景に列車はまだ薄く雪の残る安曇野の里を一直線に北に向かった。空気は透き通り雪の合間合間に顔を出す緑は、今までの自分の生活は何だったのかと、考えさせる別世界である。

穂高の駅を降りると見上げても届かない絶壁がそびえている。旅人に聞けばそれは常念岳だといい、別の人は燕岳だという。

平村雲雀の家は大きな屋敷だった。門の平村の表札には見覚えがあった。

ふと九十九里浜の広大な砂浜が目に浮かんだ。こんな山国に来て何で海の風景である砂浜が目に浮かぶのかがわからない。

玄関前に立つと、もうはっきりしてきた。

「俺は何度もこの玄関を出入りした」

玄関の呼び鈴を鳴らすと、玄関のドアーは自動的に開いた。

その間しばらく待つと白髪で上品な婦人が杖を突きながら出てきた。

「あっ」

平村は自分の目が信じられなかった。

「おかあさん!?」

「よくいらしたわね」

「おかあさん!?」

「あなたはこの部屋に入って待っていてちょうだい」と、通された部屋は応接間のようであった。

部屋に入るとすぐに何かが込み上げてきた。苦しい思い出である。

そこには模造紙いっぱいに描かれた九十九里浜の広大な砂浜が飾ってあった。遥か奥に黒潮の海が見える。

平村はその絵に近づくと、その黒潮へと向かう砂浜を無意識のうちに撫でていた。

ふっと何かに気づいたまましっかりと見つめ続けた。


お母さんが黒潮コーヒーとドリップのセットをもって部屋に入ってきた。平村の好みをすべて知り尽くしている人である。

「あなたはいつまであのボロアパートにいるつもりなの?」

ああこのひとはみんなしっているのだ。と、平村は思った。

「もう戻らなくていいのでしょう。ここに居なさい」

「ここに?」

「あそこは小鷹にかたづけてもらいますから」

「小鷹？」

「あなた小鷹を忘れたの？　この間は逃げ出して高円寺のホームから飛び降りたっていうじゃない」

小鷹？　小鷹？

「おにいさん!?」


平村はこのお母さんが怖かった。根はやさしい人なのだが、それを態度にも表情にも出さなかった。無口な人だったが急所だけは心得ていて、いつも助けてくれた。

お母さんは怖い人だった……

それはお母さんを知った人でなければ分からない。

そのお母さんも今は足を壊している。今度は自分が彼女を助ける番がやってきたのかもしれない。それができたらどんなに素晴らしいことだろう。

「あなたも勇ましい人ね。あんなアパートに住んでどこがいいのかしら。好きな娘でもできたのね」

「お母さんさんここは天国ですか」

「あなたのためにもそうなってほしいものね」

お母さんはあのおいしい黒潮コーヒーを淹れてくれた。

第二章　思い出

18

僕は今新緑が薄くまぶしい霧雨に煙る木曽駒高原の草原を歩いています。

お前と毎日のようにあいびきした、その細かな一つ一つを思い出しながら。

もう何年前になるのだろうか。何年前でもいい。苦しい夢は夢のままでよい。楽しい夢も夢のままでよい。

高原とはいえ夏は暑かった。桜のころは県外からの横浜とか名古屋ナンバーとか、遠く大阪ナンバーまでが駆けつけるこの地の桜並木は知る人ぞ知る名所だった。桜の花も落ちて葉の緑だけが濃くなるころはセミの大合唱がにぎやかだった。

お前は昆虫網を持たせると、セミ取りの天才だった。

「ほらあそこにもいる」というと同時に、網にはセミが入っていた。アブラゼミしか知らない僕に、お前は白いセミや緑のセミを教えてくれた。

お前の天才はセミ取りだけではなかった。草原のはずれに、ナラやクヌギの雑木林があった。そこでは網も持たずにカブトムシやクワガタムシやカミキリムシを捕まえた。背中に七色の玉模様のある虫も捕まえてくれた。

天竜川の向こう側に、いつもは南アルプスの山々が居並ぶあたりに、入道雲が沸き上がると、見る見るうちにその数が増え、大きく大きくなり、いつか辺り一面が黒くなる。ポツリと大粒の雨が一粒落ちれば、次の一粒が後を追う。瞬く間に粒は無数に増え、粒と粒がつながり線になり、線と線がつながり面となる。「ジャン」とシンバルの音とともに、雨爆弾が無差別に炸裂する。轟音は天からの洪水を呼ぶ。辺りは何も見えない。降っている雨さえ見えない。

大太鼓の音が小太鼓に代わり、爆音は雨の音に代わり、お前の声も聞こえるようになる。アルプスの山並みのあたりに少しだけ青空が戻ると、同時に山並みが信じられない姿を現し、時には虹まで加えて、そこは日本の国ではなくどこか遠く異国に居るような錯覚を味わう。

二人はお互いの闘病生活を忘れて、ただ絶景に紛れ込んでいる。その魔界の中を僕らは草原に向かう。

草原は非現実的なエーテルに満たされ、お前の声も金属音のように反響する。草原にはいくつもの小川が流れ、空気は澄んでトンボが遊び、せせらぎは濁流となって渦を巻いて走っている。

おまえはよく、そのせせらぎに靴を脱ぎ、その冷たさと気持ちよさを訴えた。緑と水とお前の足の白さが微妙な感覚を僕の目に訴えていた。

お前はぷいとそのせせらぎに手を入れた。と、その手にはエビガニや沢蟹をつかんでいた。

草原の散歩道の終わりは厩舎へとつながっていた。

夏は馬の姿を見ることは少ないが冬にはたくさん群がっていた。すぐ隣に馬場があり、雪の上を疾走する馬も見られた。

二人は牧場を仕切る柵にもたれて長い時間飽きずに馬を見ていた。そしてどちらからともなく寄り添い抱き合った。それは次々に攻撃を仕掛けてくる病魔に対して、抵抗してゆくぞという僕らの意志の暗黙の合図でもあった。

お前の目は太陽の光に耐えられなくなって、おまえは薄紫色のガラスの眼鏡をかけるようになった。

そして夕食の時刻を見計らうように僕らは松木療養所鈴虫荘に戻った。


僕らの散歩道はもう一本あった。

「戦闘の丘」に登って下る道である。「戦闘の丘」には高名な彫刻家が彫った石像がある。石像は人間が石に変わっていく姿を現す残酷な作品である。それはまさしく彫刻家が患った病で、彼は指が動かなくなり、手が動かくなっても死ぬまで彫り続けた。石像の周りには彫刻家の墓と、同じような病気で亡くなった遺骨が分骨されておさめられ、ちょっとした墓地になっていた。

はじめは二人でその先にある高台の石に座って絵を描いた。おまえが描いた砂浜の絵が県の画展の佳作に選ばれたということを僕は知っていた。だから無理やりにお前を連れ出した。それがおまえに新しい刺激を与えて、病に立ち向かってもらえたならば、と思ったからだ。

二人でアルプスを眺めながら絵を描いているときのことだ。お前は突然筆を止めて僕の絵を覗き込んだ。僕は慌てて絵を隠した。

それは山の絵ではなく、僕はお前の横顔を描いていたからだ。

でもこの散歩道は行くことがなくなった。おまえが、幽霊が出ると言い嫌がり始めたからだ。

19

おまえとぼくの仲を羨んでか僕はだいぶいじめを受けた。

施設から近くの県立高校に通うのは六人いたが、一人は病状が悪化し、一人はいじめにあって、今は四人しか学校に行かない。僕とお前以外の二人は出席日数より欠席日数のほうがおおかった。それでも四人が学校に通うのは松木先生がいつも、「高校の卒業証書だけは貰え。もし病気が治って社会に出ることがあったら、必ず必要になるから」と、言っていたからだ。

学校は三分の一の出席日数があれば卒業証書がもらえた。

僕らの病状は一日一日激しく変わる。それに合わせて、遅刻、早退、中退、僕らは何でもありだった。それは学校でも暗黙の裡に認めていた。僕らは生徒の数の中に数えられていなかった。

施設では恐ろしい夢を見て、叫びだすのが何人もいた。朝方にやっと少し眠れる。

そういう事情で一時間目の授業に間に合うことはなかなかなかった。

学校の中で僕は突然背中を蹴られた。周りの机やら椅子やらを巻き込んで僕は放り出された。そこにさらに椅子が降ってきた。机が降ってきた。

僕は誰かに助けられ、保健室へ運ばれた。寝かされたベッドのシーツは鼻血で真っ赤だった。お前が心配そうに覗いていた。僕は起き上がって「たいしたことないよ」と、英雄ぶって言った。おまえはそれを見届けると教室へ戻っていった。

僕はお前を追った。教室の一番奥に座るお前を、無理矢理に引っ張り出し、中退させ施設へと戻った。

朝からの雨も止んで、あちらこちらに水たまりができていた。放し飼いの犬がいた。犬は水たまりの間をとびまわっていた。なぜか僕らについてきた。

お前と僕は同じクラスだった。年齢は僕の方が一つ上だが、それは僕が一年間学校に行けなかったためだ。

僕だけでなくお前もだいぶいじめられていた。

遅刻して登校する僕と同じ道をお前が下校してきた。お前の目は真っ赤だった。根気強く我慢強いおまえの真っ赤な目は初めて見た。手にはハンカチがあった。僕は何があったかすぐわかった。突然走って登校しようとする僕をおまえはとめた。

ここでがんばらないと僕らは生きていけない。おまえだって弱い弱い僕をいつまでも見ていたらそのうち愛想が尽きるだろう。

大体おまえをいじめる奴は決まっている。

僕が教室に入ると、そいつは大声で吹聴していた。

「あいつらよ。牧場の柵にもたれて抱き合っていやがってよ。長い間キスしていて、それからパンツを脱いで始めやがった」

そいつは腰を振ってジェスチャーまで加えた。

僕は先生が黒板に書いたものを指し示す竹の指示棒を持って、伊丹の顔を思い切り殴りつけた。

伊丹は「なんだこの野郎、やる気か」と、飛びかかってきた。そこを一発。相手の目のあたりに打ち付けた。

周りの群衆が止めに入った。僕はもう一発のために構えたが、周囲にねじ伏せられ動けなくなった。

「おまえら毎日毎日神経細胞がどんどん無くなっていく人の苦しみがわからないだろ

う、お前らはこれから何年だって生きられるけど、僕らは今日死ぬか、明日死ぬかで生きているんだ」

僕は、手足は押さえられて動かないが、口だけは動いた。

以前は志布志がいた。志布志は喧嘩なら学校中にかなうものはいなかった。志布志は同じ病気仲間のせいか、僕にもおまえにも優しかった。志布志の顔を見れば誰もがいじめをやめた。

その志布志は四か月前に自殺した。走っている列車から飛び降りた。

自殺する三日ぐらい前から喉を押さえて苦しんでいた。志布志の感覚神経はほとんど壊れていた。寒暖の温度差を検知するセンサーはほとんど壊れていた。真冬に半袖と短パンでいるし、真夏に分厚いセーターを着ていた。真っ赤に焼け、火のついた焼き芋を素手でつかみやけどした。志布志の手はいつも包帯で巻かれていた。

志布志の痛ましい事故があった夜、お前は大声で泣いた。お前は志布志を好きだったのかもしれない。

志布志がいなくなると僕はしばらく学校に行かなくなった。行けなくなった、という方が正しいのかもしれない。やはり登校するのが怖かった。それにこんな病気であれば学校なんか行ってもしょうがないと思ったし、卒業も意味がないと思った。

それがまた通えるようになったのは、お前が黙々と辛抱強く学校に行っていたからだ。松木先生も、「学校へ行け、卒業だけはしろ」と言った。

20

ある日の学校での昼休み。僕らは屋上に上ってアルプスを眺めていた。

おまえはそこで突然変なことを言い始めた。

「病気を治して私は医者になりたい」

「医者になる？」

勉強して医者になるだって…？

「医者になってあんちゃんの病気を治してあげる」

「松木先生の言葉を忘れたのかよ。椎ちゃんの病気は神経を使うのが一番いけないって」

そんな話の真っ最中に、僕の頭をめがけてバレーボールが飛んできた。

近くでは大きな輪を作って、「ハイ、ハイ、ハイ」とバレーボールをついていた。

そのボールが中断されて、僕の頭に向かってきたのだ。ボールは僕の横顔に当たった。

僕は黙ってそのボールを取った。それから、そのボールを投げ返すことなく、屋上からはるか下の校庭に向けてほうった。

「あんちゃんもだいぶ強くなったね」

僕はお前のその言葉が無性に嬉しかった。

僕の病気の始まりはのどのつかえだった。つかえは長い間続いた。やがてそれは黒い塊となって鳩尾のあたりに居座った。塊はどんどん勢力を広げ、下腹部全体に違和感を与えるようになった。それは鈍痛といえばいいのか、ある種の重苦しさだった。一日中学校も行かず、食べずに寝転がっていたが、重苦しさは尋常ではなかった。内科を受診したが、医者は僕の訴えがわからなかった。僕もどういえば上手に訴えられるのか、言葉がわからなかった。やがて塊は腹から胸へと這い上がり始めた。心臓が必要以上にドキドキと動き始めて、不安になったので心臓内科を受診したが異常は見つからなかった。

塊はさらに這い上がった。腹も胸も巻き込んでさらに這い上がった。食道か気管か、ひどくつまりを感じた。しゃっくりが二日も三日も続いた。一度止まっても、すぐにまた始まった。のどのつまりは水を飲んでも唾をのんでもとれなかった。

塊は目にも来た。眼前の風景が消えて真っ暗になった。目を開き続けていると風景は戻ってくる。しかし現実感の乏しい弱々しい光である。強い光には耐えられない。眼鏡に黒く色を付けてもらった。眼医者に行ってみたが、異常はなかった。

塊は脳にも上がってきた。鉄兜をかぶったように頭が重くなり、聞こえる声はいくつものカーテンを通過して届く声だった。精神神経科を受診した。うつ病と診断され、精神病院で鉄格子の中の生活を三か月体験した。鉄格子のなかで狂人たちと寝起きした中ではっきり確認できたことが一つある。

それは「僕は躁鬱とか分裂病とか統合失調症のような精神病ではない」ということ、である。

退院すると僕は自殺未遂を繰り返した。もうどこがどう痛いのかまるで分からない。腹も痛ければ頭も痛い、のどが痛いし目が痛い。

自分の病気は医者にはわからない。自分の苦しみを自分の言葉で上手に説明することができない。重苦しさは四六時中体の中を動き回る。

その苦しさから解放されたいと、自殺未遂を繰り返した。

電車が来るのを見計らって僕は線路に飛び込んだ。勢い余って線路に飛び込みながら、その線路に躓き倒れた。頭を上げるとすぐそこに電車がいた。ぶおっつという警笛に怖くなってあわてて線路を離れた。

タクシーに乗って病院に向かった。途中鉄橋を渡った。僕は「今だ」と思った。タクシーのドアーを開け、川へ飛び込もうとした。ドアーの開け方が激しすぎた。ドアーがその反動で戻ってきて激しく頭を打った。

「お客さん、走行中にドアーを開くのはやめてください。危険ですから」

運転手に言われ、情けない未遂だった
薬局を何軒も回った。ブロバリンを五錠ずつ、五十錠になるまで集めた。それをまとめてのどに流し込んだ。

たまたま仕事帰りの母がひどいいびきをかいて寝ている息子を見つけ、救急車を呼んだ。僕は二日間入院し胃の洗浄をされた。


母は住み込みで女中をしていた。父が残していった旧中島飛行機の宿舎に僕は母と二人で暮らしていた。母は週に二度しか戻らなかったので、僕の一人住まいみたいなものだった。妹が一人いたが、住み込みで働く母には重荷だったので、遠い親戚に預けられていた。いずれはそこの養女になるという話もあった。僕も同じところに預けられていたが、高校入学と同時に母のところに戻ってきた。

宿舎を買い上げた住まいは二軒長屋で壁一枚隔てて隣の家だった。隣の夫婦喧嘩の大声は昼も夜もひっきりなしでうるさかった。それ以上に母を悩ませたのは隣との境界線の仕切りめぐっての争いだった。

そこに加えて毎日のように自殺を企てる息子がいる。母は狂う直前だった。

母はガス会社に頼んでガスを止めた。ガスを止めても気持ちは休まらなかった。立川の市役所に相談に行った。そこで難病患者を集めて集団生活をさせている施設が木曽駒高原にあることを知った。

21

そのころ僕には新しい病状が加わっていた。下痢である。激しい水便だった。一日に十回以上はトイレに行った。ほとんどトイレで生活しているようなものだった。

水を飲んでも、お茶を飲んでも便意を催した。前から出なくてはいけない水分がしりから出た。食事はほとんどとれず体重は十キロ以上減った。六十五キロあった体重は五十キロを割った。

立川から駒ケ根までの列車の中ではずっとトイレにいた。なかなかあかないトイレに、腹を立てた乗客は多数いて、何度も何度もトイレのドアーは激しくたたかれた。時には蹴られたりした。

松木療養所鈴虫荘に着くと、母は菓子の入った小さな箱を入所者全員の十四人に配り、「息子をよろしくお願いします」と、言って回った。松木先生と職員の二人には特別大きな袋を別に用意していた。

そうして施設での生活が始まった。

松木先生は僕のいっこうに要領を得ない話の中から何かをつかみだそうと、真剣に聞いてくれた。たまにメモもした。

僕は上手に説明できない体の苦しみを涙ながらに訴えた。母に迷惑ばかりかける自分の苦しみを訴えた。

今まで何軒もの医者に通っても、どの医者も僕の苦しみが分かってもらえなかった。今度もまた同じだろうと思ったが、僕にはもう行くところがなかった。

まず第一歩は、夜は眠れるようにと睡眠薬を調合してくれた。毎日パンツを汚していたので、下痢がひどいときにはおしめをくれた。

そしてひと月。朝は下痢で目が覚めるが、夜トイレに起こされることは少なくなった。そしてまたひと月。夕方の一、二時間には食事をとれるようになった。だんだんおしめもいらなくなってきた。

そして半年。大事なことがわかるようになった。

それは……。相変わらず体中の重苦しさも下痢も変わらなかったが、つらい中で無理に体を動かせば動かせるということであった。毎日朝起き上がること、何かをすること。それには非常な気力が必要だった。


そんな五月の連休の日にお前が入所してきた。

療養所には三つの病棟があった。

それぞれ木曽駒棟、宝剣棟、そして女性棟である空木棟と銘打っていた。

お前はその空木棟に入所した。

久々の女性の入所ということで、男どもはこぞって空木棟へ集まった。

空木棟には長壁さんと美代ちゃんとお前が三人目だった。先月までは野辺さんがいたが、彼女は入退院を繰り返す人で、その空いたベッドにお前が入った。

おまえは精悍な意志の強そうな顔をしていた、スポーツで鍛えた体は、ポスターになりそうな美しさがあった。しかし長く病気にやられて投げやりなところは、やはり僕らの仲間かもしれなかった。それは随所に見て取れた。

髪の毛には櫛を入れずぐしゃぐしゃだったし、スカートに収まるはずのブラウスはところどころはみ出ていた。ロングソックスの片足はたるんで落ちていた。

六段積みになった引き出しのひとつひとつに衣類やら洗面具を収めて、お前のお母さんは、そのいちいち手にとって説明していたが、おまえはお母さんの言葉が聞こえていないのか、まるで無視するかのように、窓の外に広がる南アルプスを見ていた。

お前は不思議な人だった。食事の時間には出てこなかったし、ホールに来てテレビを見ることもなかった。どこで何をしているのだろう？　どこで何を食べているのだろう？

僕はしばしば空木棟に偵察に行ったがお前はいなかった。あんまりたびたび空木棟に行くので、長壁さんに冷やかされた。

「あんた椎ちゃんに気があるのじゃない？」

長壁さんは、色気はないがどこか教養がありげな女性だった。いつも本ばかり読んでいる。年は二十を超え二十一歳だ。

行けば必ずお前に会える場所を僕は見つけた。学校である。おまえは毎日きちんと授業に出ていた。

お前は午後になると居眠りしていることが多かった。そんな時お前の机の上からカタンと鉛筆が床に落ちる。その音で、おまえはふっと顔を上げる。お前は机のふたを開けて何気ない仕草をして、ぱっとチョコレートを口に入れる。ずっとおまえを注視し続けている僕の目と合う。するとおまえはペロッと舌を出す。

おまえはノートを持たなかった。教科書を広げると、その余白に盛んに何かを書き込んでいる。眠っているとき以外はいつも鉛筆を動かしている。いったい何を書き込んでいるのか、と思った。

放課後僕は教室を出て、校庭に出た。校庭の隅の教室の中が見えるところに潜んで、全員が帰るのを待った。最後の一人が教室を出るのを見届けると、僕はさも忘れ物を取りに行くふうを装って、全員のいなくなった教室に入った。

そしておまえの机のふたを開けて、おまえの教科書を取り出した。教科書の余白にびっしり何かが書き込まれていたが、それは日本語ではない。ギリシャ語？　それともエチオピア語か？　それは古代エジプトの大王の墓に刻まれた暗号にも似ていた。

国語の時間だった。先生は教室の全員にある被ばく女性の手記の一部をコピーしたものを配った。

手記の初めは日本語で書かれた分かりやすい文章だったが、後半になると記号だか、暗号だか分からない文字が並び始めた。

先生はお前を指名した。

「平村さん。この後半に出てくる暗号みたいなものは何でしょうか？」

お前の答えは不思議なものだった。

「これはこの通りなのです。これは体験したものにしかわからない声なのです。この通りの声なのです」

僕はおまえの教科書の余白にびっしりと書き込まれたエジプトの暗号を思っていた。

22

国語の時間だった。

「春はあけぼののようよう白くなりゆくやまぎわ紫だちたる雲の細くたなびきたる。夏は夜…」

ここでお前の名が呼ばれた。

「平村さん。清少納言ではないあなただったらこのあとどうつなげますか？」

しかしおまえの起立はなかった。先生はもう一度お前の名前を呼び教室中を見回した。先生はおまえが欠席していると思ったのかもしれない。眠っていると思ったのかもしれない。

先生はほかの名を呼んだ。

「浅川さん。あなただったら何を持ってきますか？」

しかしお前は立っていたのだ。教室の隅の目立たないところに、お前は立っていたのだ。その時のおまえの姿が、顔が、仕草が、僕にどう表現すればいいのか、不思議な印象を残した。

僕が画家であったなら、と思う。その時のお前を上手に描いて残しておきたい、と思った。

そして…。その日は昼から降り出した雨がいっこうに止む様子もなく、時間がたつにつれ、ますます激しくなってきた。雨は放課後になっても止まず、大粒がバタバタと校舎の屋根をたたいた。あたりは真っ暗だが、校舎内はどこの教室も明かりがともっていた。背景の暗さに照合して煌々と照っていた。

すぐ間近に学園祭を控え、そのための練習はちょうどピークを迎えていた。

激しい雨音にソプラノが混じった。すぐにそのあとを男声が追う。それをまたソプラノが追う。低いバスが響き始めると、雨音の大きさが目立ち始める。フルートの美しい音がどこからか静かに響き始めると、女声合唱の美しい歌声が学校全体を覆う。

僕は立ち止まったまま、下校できずに、その雰囲気にしばらく染まりたかった。

昇降口を出たり入ったり繰り返した。雨の外に出れば、真っ暗の中に学校が煌々と浮いている。雨の音より高く、トランペットが鳴り、シンバルが鳴る。僕はまた学校に戻る。なかなか下校する踏ん切りがつかなかったが、その原因はまた別にある。

昇降口の片隅におまえを見つけたからだ。

おまえは傘を持たなかった。たぶん雨が止むのを待って下校しようとしていたのかもしれない。

僕は、学校に来られなくなった同級の山崎が置いたままになっている傘を手に取った。そうして勇気を出してお前に声をかけた。

「平村さん。ここに傘があるけど使いませんか?」

お前は黙って傘を受け取った。

お前の靴を見た。黒いかかとの低い靴を履いていた。その靴では洪水の中に入っていけない。僕は山崎の長靴も渡した。

おまえは自分のひらべったい靴を脱ぐと、長靴に履き替えた。脱いだ靴はタオルにまいてカバンにしまった。

僕はおまえが雨の中に入ったら、そっとそのあとについていこうと思った。しかしお前はいつまで待っても歩き始めようとはしなかった。

ふと気づいたのは、おまえは僕が歩きだすのを待っているのではないかと思った。

僕が雨の中に乗り出すと、おまえは山崎の傘は開かずに手に持ったまま、僕の傘の中に入ってきた。体をぴったりと僕に摺り寄せてきた。

鈴虫荘までの二十五分間。僕は夢中になって僕の病状を喋った。おまえが聞いてくれるうれしさに、無我夢中になって話した。

しかしおまえはまるで聞いていなかったようだ。お前の顔を探ると、目はうつろになってどこか遠い異次元の世界を見ているようだった。

僕はふと薄気味悪くなってきた。お前に、その体に死神がまとわりついている感じがしたからだ。


その翌々日は日曜日だった。僕は施設のホールで「のど自慢」を見ていた。僕のほかに三人いた。そこに美代ちゃんが「大声では言えないけど、大声では言えないけど」と、大声で言いながら飛び込んできた。

美代ちゃんは少しどもる癖がある。どうしても速くしゃべろうとして言葉が追いつかない。

「椎ちゃんが天竜川に飛び込んだって！」

僕は平静を失うまいと思って、その言葉を聞いたが、普通にしてはいられなかった。

美代ちゃんの言葉を追うようにして、救急車がサイレンを鳴らさずに来て、ホールの前に止まった。

僕らは救急車の周りを囲んだ。

松木先生が下りてきた。そしてベッドに寝ながら降ろされたのはおまえだった。

お前はホールの特別室に運ばれた。

おまえは眠っているのか、意識がないのか動かなかった。

「一夫！　ちょっと来い」

僕は松木先生に呼ばれた。

「椎がまた変なことをしでかさないように、お前は中に入って見張っていろ。すぐ起きるだろうから、起きたらどこにも行かしたらだめだぞ」

「え？　僕が、ですか？　美代ちゃんだって、長壁さんだっているじゃないですか」

「お前がやれ。神様がなぜ男と女を作ったのかがわかる」


僕はベッドの横にいすを置いてお前の顔を見た。

お前はピクリっとも動かなかった。

死んでいるのかと、心配だったが、おまえはコホンと小さな咳をした。それで僕はほっとした。

「生きてる。いきてる」

しばらくお前を見続けていると、お前の目から涙が出てきた。涙はどんどん増えて、ほおを伝わり、枕に落ちた。

僕はいてもたってもいられなくなった。立ったり座ったりした。あっちを見たこっちを見たりしたが、どうにも我慢できなくなった。

僕は抑えきれなくなって、僕の唇をお前の唇に重ねた。

と、下から手が伸びてきて、僕の頭を上から押さえた。

僕の目から一挙に涙が噴出した。僕の涙はお前の涙と重なって、枕に落ちた。そしてシーツまで流れた。

「僕は生きられる。これで生きられる。お前と一緒なら生きられる」

僕の涙は止まらなかった。

「おまえと一緒なら生きられる。お前と二人なら生きられる」

23

施設には宇佐美さんという人がいた。

宇佐美さんは三十歳。過去にこの施設で四年を過ごし、去年退所したが、今年また戻ってきた。何があったのかはわからない。

この施設に来て完全に病気を治して社会に戻っていくという人はまずいない。大体があきらめというか、病気を抱えながら、病気と上手に付き合おう、苦しいけど生きよう、とそういう人たちだけが退所してゆく。

松木先生は病気を見つけ出すことはできても、治すことはできない。それは日本の医療が治すまでには進歩していないからだ。

僕の病気だって、先生は原因を知っている。でも僕にそれは言わない。なぜなのか？　それは言ってもしょうがないからだ。先生に治せないからだ。そう思いたい。

幸い、僕は起きよう、なにかをしよう、働こうと自分自身を鞭打てば、なんとかできる。

「社会に戻って働いてみよう」それは大変なことだ。そんなことは先生が一番よく知っている。先生はそう言う決断が僕の中にわいてくるのを願っているだけだ。

施設には、外来診察日という日が月に一度ある。日本全国から患者が集まり、先生の診断を受ける。診察を受けに来る人は、ついでにと施設を見学に来る。

その時。「治らない患者が集まって、傷をなめあう。いったい何の意義があるのか？」という質問をする人がいるらしい。先生の答えはいつも決まっていた。

「そういう質問はあなたが健康だから出てくるのです。あなたが病人になればそういう質問はしないでしょう」

僕は施設がなければ生きられなかった。

僕の母には施設は絶対必要だった。

この施設は、まじめに生きようとしても生きられない生を与えられた人たちだけの共同体みたいなものだ。毎日毎日肉体のどこかが崩れてゆく恐怖と戦っている人たちの集まりだ。その生活はここで暮らした人だけにしか分からない。

ホールの少し奥にはガラスハウスがある。昔施設の開所当初そこで鈴虫を飼っていた。入所者たちが自分たちでふ化させ、自分たちで育てていたそうだ。今は誰もやるものがいなくなって廃屋になっているが、今でもやる気がある人が出れば、すぐにでもできるそうだ。鈴虫の育成が病気にとってどういう役割を持つのか、僕にはわからない。「わからないならやってみればどうだ」と、先生は言う。

気がつくと、近所に住むという信州大学の学生がそこに通うようになった。学生は週に二回三回と通ってきてガラスハウスの中でごそごそと何かをしては帰っていった。

椎出君という中学生が入所してきた。母と二人暮らしだが、人と接触できなくて、長く閉じこもっていた。ある日線路の中を茫然と歩いているところを保護された。体の方に異常はないのだが、昼間勤めに出るお母さんは、息子一人を残しておくのが心配だったので、ここに預けられたと言う。施設では例外的な存在だ。

その椎出君は鈴虫小屋の中に入ると、信州大の学生にくっついて一日中出てこない。学生は元々ボランティアで学校にいけない椎出君に勉強を教えに来た人だった。

「暗くなると鳴きますよ」、と言うので僕らは聞きに行ったが、僕らには鈴虫の鳴き声などどうでもよかった。あの何も話さない子が、話し始めたのが不思議だった。


宇佐美さんのお気に入りはおまえで、よく二人だけで仲良く話している。無口な宇佐美さんだがお前とは話す。宇佐美さんの病気はお前のものと症状がとても似ていたようだ。お前の先を宇佐美さんは歩いていたのかもしれない。

宇佐美さんはレコードのボリュームをいっぱいにあげて、よくベートーベンを聴いている。聴きながらいつも体をぶるぶるふるわせている。あんなに震わせたら、体がちぎれるのではないかというぐらい震わせて聴いている。

宇佐美さんは片足を引きずるようにして歩く。それはここのところ急にひどくなっていた。

僕らが生活する木造建ての三つの寮は、どう見ても古臭い建物だ。あちらこちらと修繕個所は無数にある。それを宇佐美さんは、のこぎりとハンマーをもって毎日のように直している。

時々どこからか電話が入ると、宇佐美さんは自転車の後ろに工具箱を積んで、どこかに出かけていく。工具箱の中にはハンマーやら、のこぎりやら、カンナやらが入っている。一日二日施設を空けて、戻ってくるときは、お前にたくさんチョコレートを買ってくる。

その宇佐美さんがトラックに自転車ごと突っ込んでいったという知らせが入った。宇佐美さんの病気は筋肉が硬化して骨に変わってゆくという難病だった。仕事場で何かがあったことは確実なことだった。

お前は布団の中で一日泣いていた。

24

小川さんは地域ではよく知られている自由が丘にある洋菓子店のシェフだった。今は二十八歳だが、ゆくゆくはオーナーの娘と一緒になって次期経営者になるはずだった。

希望の絶頂の時に病魔が襲った。

厨房で出来上がった洋菓子をお盆に載せて、それをお店のショーケースに運ぼうと、それを持ち上げて一歩二歩と行ったとき、その盆をひっくり返してしまった。洋菓子はクリームとスポンジに分かれて厨房の床に散った。

その時はそれほど気にならなかったが、翌日全く同じ事件が起こった。別に足が引っ掛かったわけでもないし、周りに障害物があるわけでもない。

小川さんは夜中にこっそり起き、厨房に下りた。お盆に茶碗を一杯載せお店に運んでみた。しかし落とすことはなかった。小川さんは同じことを三度繰り返したが何も起こらなかった。

そして朝になった。起きて歯を磨きうがいをしようと、コップに水を入れ、コップを口へ運んだ時だった。そのコップが小川さんの手を離れて床に落ちた。水が飛び散り、小川さんのシャツもズボンもびっしょり濡れた。

小川さんはそこで自分の体の異常に気付いた。近くの整形外科を訪ねたが、病気は見つからなかった。目黒の大学病院を受診したが異常はなかった。

それからは店に出ても厨房からの運搬は人に任せて、損害がないように動いたが、同じような小さな事故は頻繁に起こった。さらにひどいことは指が動かなくなり、曲がってきたことだ。

そんな時、雑誌に載った松木療養所鈴虫荘の記事を読み、受診してみようという気になった。なんで鈴虫荘を選んだのかは分からない。何か親しみを感じたのかもしれない。

先生の宣告は非情なものだった。進行性ということで少しでも遅らす処置をしなさい、ということだった。

そして病気は先生の言うとおりに進行して行った。指が動かない程度では仕事に何も差し支えなかったのだが、症状は四肢に及んできた。やがてそれは誰の目にも明らかに病であった。

小川さんは婚約を破棄され、店を追われた。家族と呼べるものはなかったので戻る場所がなく入所してきた。今は施設に世話になりながら、近くの菓子屋に週何日か通っている。元々一軒の店を任されていた人だ、経営の才能があることから鈴虫荘の臨時職員と言う形で働くようにもなった。

その小川さんが僕らに菓子作りを教えてくれた。一番易しいのがクッキーということで、そこから始まった。小川さんの右手は不自由なので、左手で色々と教えてくれたが、僕らが両手を使っても小川さんの左手にはとても太刀打ちできない。

バターを溶かして砂糖を混ぜる。そこに卵を加えてかき混ぜる。その混ぜ方から教わった。そこにアーモンドのパウダーを加えて、小麦粉を加えて、ベイキングパウダーを加える。そのペーストを小分けし、焼くとクッキーが出来上がる。

僕は有頂天になった。出来上がったクッキーをもって施設を回った。先生にも配った。先生は「鈴虫よりこっちがいいな」と言った。

クッキーづくりが日曜日の恒例となった。

僕とお前と美代ちゃんとで交代に、鍋にバターと砂糖を入れてかきまわした。卵とアーモンドを入れてかき回した。

アーモンドの粉は小川さんがどこからか大量に仕入れてくれた。

おまえは出来上がったクッキーを、ホールに集まっているみんなに配りに行った。

その日は入所者の大部分が集まって、日本とロシアの女子バレーボール決勝戦のテレビ中継を見ていた。日本が一点取るごとに、わああとあげる歓声が遠くまで聞こえていた。お前はホールに入るとクッキーを配ることを忘れて、しばらく中継を見ていた。それから、お菓子をのせた盆をテーブルに置いて、まっすぐテレビに向かっていった。

そしてそこで……おまえはテレビの電源を切ってしまった。それからテレビに背を向けて、そこで観戦する一人、一人を、にらみつけた。ホールのみんなは何が起こったのかが理解できずに、ポカーンとおまえを見続けた。それからおまえは空木棟へと戻った。

美代ちゃんがそれを僕に報告に来た。

僕はおまえを空木棟へと追った。お前は毛布をかぶって泣いていたようだった。僕は何かを言ってあげないといけないと思ったが、何を言っていいかわからなかった。何も言わなくても、お前のそばにいてあげたかった。

「そっとしておいてあげて」

長壁さんの言葉に僕は空木棟を離れた。

おまえは中学時代、バレー部の星であり、バレー部のキャプテンだった。高校生になって当然バレー部に入った。

春の新人戦のことだった。

おまえのところに敵方がスパイクしたボールが飛んできた。誰もがお前が簡単に受けるだろうと次の動作に入っていたが、思いがけないことが起こった。

ボールはおまえが構えた両手の間をすり抜けて、お前の顔に当たった。

誰でも誤りはある。気にしない。気にしない。

ところがそれは誤りではなかった。すぐにまた同じように相手のスパイクがおまえの顔に当たった。監督は異変に気付いて、お前をコートから下げた。

しかし異変は次の試合にも続いた。おまえはスパイクを打った後、足で着地ができずに尻で着地し、しこたま尻を打った。その着地の仕方が、とても不自然な形で落ちてきたので、早くから異変に気付いていた監督は、お前を試合から外した。

監督からは、「少し休んで休養しろ」と言われ、休部した。

それからお前の医者回りが始まった。まず眼医者に行った。ボールを手に当てられない自分が信じられなかった。眼医者で意外な事実が分かった。動体視力が普通の人の半分あるいは、三分の一しかない。バレー部のキャプテンへの考えられない診断である。

おまえはスポーツ外科へ行った。片膝の屈伸バネが壊れている。

これは一体どういうことなのか？

おまえは千葉大学病院の脳神経外科に行った。そこで大学の先輩である松木先生を紹介された。

おまえは木曽駒高原まで出かける必要はなかった。自分の体に何が起こっているのか、それははっきりわかっていた。

松木療養所を訪れたのは、恥ずかしい自分をみんなに見せたくなかった、友達にも家族にも醜い自分を見せたくなかったのだ。

25

僕らがいる鈴虫荘が県とか市町村から、どれくらいの補助が出ているのかは分からないが、ぎりぎりのところで施設が運営されているということは、小川さんから聞いていた。

その運営は大勢の人の好意と寄付に支えられていた。近所には毎日のように野菜を運んでくれる農家があったし、一、二度雑誌やら新聞に掲載されたおかげで、全国には施設の存続を願って沢山の応援協賛する人がいる。そういう人たちからの寄付金もばかにならない。また施設に募金を集めるために直接にやって来てくれる有名人もいた。落語家も来たことがあるし、小説家が来たこともある。彼ら有名人が施設のホールで公演やら演奏する時は外部の近くからも遠くからも人が集まり、寄付金は一日で相当の額が集まるらしい。

　この施設にいる患者は全員が手足や身体の一部が病んではいたが、自分の身体の世話が自分でできない人は一人もいない。介護する人が必要な人は原則として入所できない仕組みになっている。

　人は必ず死ぬ。でもその時期は老いてからだと普通は思う。でも僕らの人生はそういう普通の人たちに比べると半分、あるいは三分の一しか生きられない。施設はその覚悟を養う訓練の場であったかもしれない。

　とは言っても突然襲ってくる死への不安やら恐怖、そして痛みに対してはどんな決心も悟りも役に立たない、ただ耐えるだけである。病友が苦しんでいるときはただただ黙ってみているしかない。早く治まってほしいと一途に祈っている。

　でもこの施設は恵まれている。芸術家やら役者やらすごい人たちを呼べるのである。

　ここには重病患者を抱える病院の重苦しさはない。多くの有名な人たちが応援に来てくれるのはそんな表面的な明るさのためかもしれない。内面の苦しみは全く見てもらえない。見ようにもなかなか見えないから。

　おまえが高校を卒業して二年経った夏だったように思う。三宮詩音という女性チェリストが来た。

小川さんが少ない施設の職員を指導して、その責任者として準備を重ねていた。おまえはそのチェリストをどこかで知ったらしく、おまえと同じ病気を持っている人だと言った。お前は体調がだいぶ良いらしくとても機嫌がよかった。小川さんの仕事を手伝って演奏会の目録を作ったり、ポスターや看板も作って、施設の入り口と裏の入り口に掛けたりした。僕はお前に言われたとおりに募金箱を作って、それを演奏日の当日に僕の首にかけて、寄付を募ることになった。

当日は梅雨のど真ん中で、来る日も来る日も雨が続いていたが、その日だけは降らずにどんよりした日曜日だった。午後からはホールを使うため、またその準備のために、僕らの昼食は外の食堂に行った。小さな食堂は、僕らのほかに、外部からのボランティアやパートの人たちでいっぱいだった。

昼過ぎに施設に戻ると、駐車場に入りきれない車が施設周りの道路に並んでいた。それはチェリストの演奏を聴こうと、外部から集まった人たちの車であった。僕は三宮詩音という女性がそんなに著名な人なのかと驚いた。

午後一時半から始まる演奏会に昼前からホールに入りきれない人が、施設のあちこちに立っていた。十二時を過ぎると、ホールの前にテーブルを置いて、「受付」と書いた紙を下げた。こちらを訪れて、書いてもらえる人たちだけが、その住所をノートに書いていく受付である。入場券もなければ、入場料もいらない。僕はその端に、「募金箱」と書かれた箱を持って立った。

と、すぐに募金箱の前に人が並んだ。小銭を入れる人はまずなかった。大体が千円、二千円。なかには五千円や一万円を入れる人もいた。それには「募金箱」を持った僕が一番驚いた。

「世の中にはこんなに金があるのか」と、思った。

「お金を集めるのは、こんなに簡単なことなのかと」と思った。

寄付してくれた人たちには、華やかなデザインをしたチョコレートクッキーを配った。それは小川さんがその日のために特別にデザインし作ってくれたものだ。それを透明な袋に入れて手渡すのは、おまえと美代ちゃんと長壁さんの仕事だった。テーブルにはその日の演奏項目を書いたガリ版刷りがあったが、それはとうに無くなっていた。

一時過ぎに三宮詩音がタクシーで着いたが、飛び切りの美人という人ではなかったが、どことなく優雅な香りがした。背の高い人で長い髪を結んで黄色いリボンをさりげなく結んでいる。

ホールの正面には大きなチェロが置いてあり、五十人ほどしか入らないホールは満杯でホール内の立ち見のほかに、ホール外で立っている人もいた。

演奏はホールの扉を開け、窓も全部開けた中で始まった。

一曲目は単調なリズムの繰り返しだった。いつまでもいつまでもリズムは続いた。十分は続いただろうか。いい加減に飽きてきた。早く終わって欲しいと思いながら、おまえの顔をのぞくと、おまえは体を震わせて泣いていた。

音楽の素養の違いは、美女とバカの違いだ。僕は自分が情けなくなった。それから寂しくなった。無性に寂しくなった。僕が何も分からない世界におまえは住んでいる。

二曲目は一つの音が長く、長く糸を引いた。すると別の音が出てきて、同じように糸を引いた。線は三本になり、平行線を引くごとく、二本の線が長く、長く続いた。と、もう一本の線が現れた。三本の線が平行に走り始めた。そこに単調なリズムが遠くから聞こえ始め、単調なリズムは徐々に近づき。三本の線がその周りを回り始めた。それは異様な音楽空間となった。僕はてっきり演奏家が一人二人増えたのかと思い、舞台の方を探ったが、それは三宮詩音が一人奏でる音だったのだ。どのくらいその空間の中にそまっていたのか、やがて線が一本消え、二本消え、三本消え、リズムはだんだんと遠くに行きながら消えた。

激しく拍手が起きた。

それからチェリストは童謡の「赤とんぼ」と「故郷」を演奏して、三宮詩音の演奏会は終わった。

拍手が下火になった時、花束を抱えた人たちが舞台へと向かった。その中にはお前もいた。だけどお前の手には花束はなかった。次々と花束が渡され、おまえは最後に残った。じっと立っているだけの女学生らしき子にはチェリストも驚いたようだ。訳が分からなかった。

おまえは演奏家に頭を下げると、「ありがとう。とても感動しました」と言った。

チェリストは片付けする手を休めてしばらくおまえを見ていたが、すぐにおまえを抱きしめた。ハンカチを取り出して、お前の涙を拭いてあげた。

僕はその光景に感動した。

26

最後に演奏家のおしゃべりがあった。

「松木先生から何かお話をしてください、と頼まれていますので、少しだけお話をさせてください。

私はこの施設におられる方のように難病と言われる病気を持っています。筋肉硬化症と呼ばれるもので、筋肉が固まって骨になってしまう病気です。

私は今のところチェロの弓は握ることができますが、バイオリンの弓は握れません。一番困っていることが、自分の左目のシャッターが閉まらないことです。ゴミが入っても、虫が入っても、開いたままなのですね。だから手入れが大変ですよ。しょっちゅう洗ったり、薬を塗ったり。母が一度私の寝ている姿を見て、腰を抜かしたことがあるのです。怖いですよね。目を開けていびきをかいているのですから。

私の病気が発覚したのは、高校三年の時です。子供のころピアノを習ったことがあるので、音楽関係の大学に行きたかったのですが諦めました。もたもたしていると体中が石になってしまう、体が動くうちに、一日でも早く働いて、お金をためなければいけないと思ったのですね。それでピアノの先生をしていた母のつてで、京成音楽学校というところに、雑役係として勤めました。学校と言っても塾みたいなもので、日にちと時間を決めて先生と生徒がやって来る、そこに場所だけを提供するだけの学校です。まあ、集会所の貸し出しみたいなものです。

私の仕事は教室の掃除をしたり、鍵の開け閉め、教室を使う人の受付や、日時の割り当てや、調整ですね。お茶出しもするので、何でもやらなければならなかったですね。でもとても暇な仕事でしたね。

楽器は先生も生徒さんも自分で持ってきますから、ほとんど置いてないのですね。ただ持ち運びが大変な楽器、ピアノとチェロだけは置いてありました。

私は暇なときになると、そのチェロにいたずらをしたのです。はじめは侍のように弦をこする弓を両手で持って。チェロをたたいたのですね。敲けばボンと鳴る。違った角度から敲けばポンとなります。弦をクリップで留めて敲くとまた違う音が出る。弓をちょっとこするとこんな音が出る、めちゃめちゃにこするとあんな音が出ると、いたずらをしていたのです。

学校ではチェロの授業は週に一度だけでした。本田さんというまだどこかの音楽大学に行っている学生さんが、小学校の子供二人を連れてきて、二時間ほど教えるのです。本田さんはハンサムで性格が穏やかそうな感じの人でしたから、一目で惚れてしまったのですね。

そこである日、勇気をもって、教室を離れた本田さんを捕まえて、『まったくの素人なのですけど基本だけでも教えてもらえませんか』と、自分の曲がった手を見せて、頼みました。

本田さんはしばらくその手を見ていましたが、『僕は高いよ』と、冗談を言いました。『チェロの弓を持って何でもいいからできることをやってみてごらん』と、言うから、私は侍のように弓を両手で持ってチェロをたたき続けたのです。そうしたら本田さんがなんて言ったと思います？

『それ面白いね。それで一曲作ろうよ』と、言ったのですよ。ちょっと考えられないような答えでしょ。それで本当に一曲作ってくれたのです。一時は嬉しくて単純すぎるその曲ばかり弾いていたのね。

そんな男性ですから、女の子だったら誰だって惚れるでしょ？　私は自分の恋を何度も打ち明けようとしたの。でもできなかった。できるわけがないでしょ。本田さんには好きな人がいたし、それに比べて私は変な病気を持っているし。でもね、物事に上達するコツは先生を好きになるのが一番よ。

そんな時にイタリアからチェリストが来たのね。学校のホールで演奏したのね。すごくたくさんの人でしたよ。狭いホールで、今日みたいに入り口のドアーを開けてくれなかったから、それはそれは、おしくらまんじゅうしながら聴いたわ。

そこで、その演奏を聴いて、私、おかしくなっちゃったの。なんでって？　演奏が終わっても、その演奏曲が耳の中で鳴っているのね。寝ても覚めても鳴っているの。困ったわよ。耳鼻科に行っても治らないだろうし。

それからよ。本格的に習い始めたのは。自分の不自由な手でできる技術を、本田さんは教えてくれたのね。自分でもいろいろやってみたわ。

そして何とか人前で演奏できるようになったのはなったのだけど、実はね、その演奏中に大変な経験をしてしまったの。

神様に会っちゃったのよ。皆さんは神様なんて信じないでしょ。でも神様っているのよ。演奏中に神様に会うと楽よ。神様が私の手を勝手に動かしてくれるのだから。演奏が終わって、拍手が鳴り始めたときに、目が覚めるのね。『今まで私が演奏していたんだった』って、そこで気づくのよ。不思議でしょ。

こんなに楽ならもっと早く神様に出会いたかった、と思うのだけれど、神様も難しい方で、私が楽をしたいと思うときは出てこないのね。だから演奏前にはいつも祈るのよ。『神様私を助けてください』って。

もう一つだけお話しさせてね。神様に出会ってから、私の体に変化が起こったのよ。今まで動かなかった指が動くようになったの。不思議よ。

私は、神様は音楽の世界だけではなく、どこにでもいると思うのね。みなさんのなかに神様と出会える人が数多く出ることを願っています。いいえ皆さんの全員が神様に出会えることを祈っています。

私のお話はこれで終わりです。長い時間ありがとう」

僕は松木先生がなぜ三宮詩音にお話をしてくれるようにと頼んだのかが分かったような気がした。

27

梅雨が明けると、急激に暑くなった。盆踊りの音楽が大きな音で遠くから聞こえてくる。おまえは浴衣を着て、帯にうちわを挿して美代ちゃんと連れ立って出かけようとしていた。

赤穂の部落まで行くという。

僕は二人の後ろ姿を見ていたが、急に不安が胸によぎった。

お前が僕から離れていく。

僕は二人を追った。なんとか追いつくと、

「椎！　僕を捨ててどこへ行くつもりだ。遠くへ行かないでくれ！」と言った。

お前は僕の頭を疑った。狂ったと思ったのかもしれない。

美代ちゃんは、僕の形相に驚いたのだろう、僕から少し離れたところに逃げた。

「あんちゃん。どうしたの？　頭がおかしくなったの？」

そう言って、美代ちゃんと連れ立って夜の闇に消えた。

僕はお前の足が左右のバランスが狂っているのを見逃さなかった。

病気は進行しているのかもしれない。

それよりも怖かったのは、おまえの背中に死神が張り付いていたのだ。

それは以前に見たものと同じだった……。


僕の予感は的中した。おまえは盆休みの間は、家に帰りたいと出て行ったが、もう戻ることはないだろう。

おまえのいない施設は観音様のぬけた観音堂だ。

おまえがいないのに、朝起きれば明るいし、夜になれば暗くなる。自然とはなんて馬鹿な存在だ。人の気持ちなんて何もわからない。

おまえにあいたい。椎に逢いたい。僕は母に手紙を書いた。

「お母さん元気ですか？　僕はお金が必要になりました。千葉に行かなければならないのです。絶対に行かなければならないのです。お金を送ってください。お願いします」

母は何が起きたのか確かめるために、先生に電話するだろう。先生は「行かしてあげなさい。一生に一度か二度しかないことなのだから」と、答えるだろう。

母がどんなに大変な思いをして稼いでいるのか、毎月の施設への支払いがどれくらいあるのか、僕はまるきり無頓着だった。

毎月二千円も小遣いはもらっている。それは文房具や下着や菓子の材料費で消える。

僕は、僕のこと、おまえのこと、病気のことしか考えていなかったので、母のことなどまるで考えない。徐々に変わっていく自分の体調の心配と、おまえのことだけで精いっぱいだったのだ。

母からは一週間後に返事が来た。

「お母さんが一生懸命働いて作ったお金です。大事に使ってください」

封筒の中にはほかに一万円札が三つに折られてちり紙で包まれているのが入っていた。

僕は夕方施設を出発した。

お前の家は千葉県の東金市というところにある。住所はお前から聞いている。行き方も大体は聞いている。東金駅近くの一日に何本かしか停まらない無人駅で列車を降り、海岸行きのバスに乗り換えれば着くはずだ。

駒ケ根から列車に乗り、辰野からは新宿に向かう夜行列車に乗りかえて、東京駅からは東金行きの列車に乗った。

東金駅近くの無人駅に着くと潮の香りがした。一日に何本もないバスを辛抱強く待って、おまえに言われた砂浜のバス停に降りた。そこは一面に砂浜が広がっていた。九十九里浜である。季節は真夏。黒潮にあたってきらめいた光がさんさんと降り注いでいた。

家がまばらなところだ、人を見つけて聞けばすぐわかるだろうと思ったが、その必要はなかった。

おまえの家はバス停のすぐ隣だった。とても広い屋敷だった。門柱の表札の横に家族の名前が並んでいた。平村椎の名はその最後にあった。

大きな門を入ると玄関は、砂浜に向かって大きく開けてあり、真ん中に廊下が走って、その左右に部屋が並んでいる。

ここで僕に臆病が走った。自分がしている大それた行動に臆病を感じたのだ。僕は後ろを振り返った。戻ろうかと思ったとき、廊下の奥から人が出てきた。もう戻れない。僕は度胸を決めた。

「ごめんく、…ださい」

人影は僕に近寄ってきた。お前のお母さんだ。お前のお母さんには施設で一度会っている。

「はい。なんでしょう?」

お母さんは不審な顔で、僕の頭から、足の指までを精査した。

僕のたった一枚の外出着である学生服はすっかり古びて、お尻も腕も擦り切れて、ピカピカと光っている。帽子は日焼けし色がくすんで、真ん中には穴がある。靴のかかとは擦り切れ、靴底は穴が開く寸前だ。

僕は恥ずかしさを一心不乱に耐えて一挙に言った。

「僕は木曽駒高原の施設に一緒にいる篠原一夫です。椎ちゃんに会いたくて来ました。椎ちゃんがいないと寂しくて、寂しくて、椎ちゃんに会いに来ました」

お母さんにはその言葉が聞こえているのか、いないのか。気が遠くなったように僕を見つめていた。ふいっと気が戻ったのか、僕の言う言葉の意味が分かったようだ。

「まあ、それは、それはご苦労様。遠いところで大変だったでしょ。椎は今バレー部のお友達と出かけています。すぐ戻ってくるので、上がって待っていてください。さあ、こちらで」

僕はお前の部屋に通された。

28

おまえの部屋はこれが女性の部屋かと疑うほど何もなかった。部屋の隅に机といすがあるほかには、天井からバレーボールが吊り下がっていた。壁一面に大きなポスターが貼ってあった。黒人の短距離走者。オリンピックで金メダルを取った男がスタートダッシュをするところの写真である。それだけである。まさか身辺整理でもしているのではあるまい。

おまえの部屋からは砂浜に向かって立つ二本の門柱が見える。

その門柱の間から若い女性が二人、走ってこちらに来る。すぐに玄関で彼女たちの大きな声が聞こえる。

「おばさん。椎ちゃんは戻っています？」

「じゃあ、どこへ行ったのだろう？」

「一回だけでいいからスパイク打ちたいと言って、打ったのだけれど。打ったのだけど、尻から落ちて、そのまま動けなくなって…」

「うつ伏せたままだったのだけど、いなくなって…」

僕は裸足のまま玄関を飛び出した。

お母さんを越え、女性二人を越えて、門柱を越えて、砂浜に飛び出した。

一直線に砂浜を走った。鉄砲玉で走った。お前の居場所は分かっている。テレパシーである。無我夢中で走った。僕はフラフラになって走った。二日前から下痢がひどくてほとんど食べていない。

砂浜が尽きて、太平洋の波がかかる波打ち際に向かって走った。

おまえはずぶぬれになってそこに倒れていた。

僕はおまえを背負って砂浜を戻った。一歩二歩歩いて倒れた。起き上がって一歩二歩歩いた。死んでもいいと思って、一歩、二歩と歩いた。

どうせ死んでいく身だと思って、歩いた。

おまえが重くなってきた。脚に砂が絡んで足が重くなってきた。濡れた体に砂が絡んで、体が重くなってきた。それでもおまえの家を目指して歩いた。

どこか遠くの方に救急車のサイレンの音が聞こえる。おまえを助けに来たのかもしれない。それとも僕なのかもしれない。

その日は秋の澄んだ日がいいと思った。透き通った空に南アルプスが浮かぶ夕方がいいだろう。呪文なんてなんでもいいだろう。問題は信じるか信じないかだけだ。

「神様。神様」

要するに魂を集中できる呪文であれば何でもよい。僕は無意識のうちにでたらめな呪文を唱えていた。

僕の魂が僕を飛び出て、離れて飛んでお前の魂に食らいつきさえすればいいのだ。そのために僕はへたくそなおまえの似顔絵を描いた。要するにそれがおまえだとわかれば何でもいいのだ。

その絶好な条件を満たす時が来た。僕はお前の似顔絵をもって「戦闘の丘」を登った。それを下りかけ、おまえと二人でよく絵を描いた岩の上に立った。岩の上におまえにちっとも似ていない似顔絵を置いて最初の呪文を唱えた。

「神様。神様。お願いします。椎の魂と合体させてください」

それから目を閉じて、懐かしいお前の姿を辿った。

国語の先生に指名されて起立したのに無視された時のお前の姿、「あんちゃんも強くなったね」と言ったときのおまえの表情、三宮詩音に抱かれる姿、雨の昇降口に潜むお前の姿、浴衣を着て美代ちゃんと出かけるおまえの後ろ姿。次々と懐かしい姿が目に浮かぶ。

そして次の呪文をかけ、僕の魂がおまえに向かって飛び立つところを夢想した。第三の呪文をかけお前の魂と合体するところを夢想した。

目を開けると現実は白い靄がかかって、魂が旅出ている証拠だ。

そうしてまた目をつむったその時。電話が激しく鳴った。

ぼくははっと我に返った。お前の似顔絵を取って施設に走り始めた。施設につくと同時に、ホールの電話が鳴り始めた。誰もいないホールにけたたましく響いた。

電話はおまえからだった。

「あんちゃん元気？」

「元気だよ。椎は？」と答えたかったが、それはできなかった。

元気なはずがない。この電話はたぶんどこかの病院からだろう。僕は何も言えず、受話器の向こうにおまえを感じた。

「椎。電話をくれてありがとう」

「うん。あんちゃんに会いたくて電話したよ」

「ありがとう。ありがとう。行くよ。行くよ。椎に会いに行くよ」

29

僕は母からお金を借りるのはもう無理だろうと思った。松木先生に頼んでみた。僕の真剣な姿勢に、先生も断ることができなかったのだろう。

先生は何とか引き受けてくれた。黙って財布から三万円を出して僕に渡した。僕はできるだけ丁寧に頭を下げた。

「これは餞別だから返さなくていいよ。一夫が社会に出て、自分の力で返せるようになったら返してくれ」

僕はまた丁寧に頭を下げた。先生は僕がもう戻らないのを見抜いていた。

その時の先生の本当の気持ちは、僕の千葉行きには反対だった。と言うのは、先生には僕の病気の原因が分かっていたからだ。もう一年施設に残って治療すれば完全とはいえないまでも社会で十分に働けるまでに快復させることができると信じていた。

でも先生は僕にそれを言い出せなかった。先生は僕の頑固な性格をよく知っていた。僕が九十九里の海で心中するのなら、それも本人の意志で、どうにもできないと思っていた。

実は、先生は僕の言葉を何度も心の中で反芻していたのだ。

『僕の病気の始まりはのどのつかえだった。つかえは長い間続いた。やがてそれは黒い塊となって鳩尾のあたりに居座った。塊はどんどん勢力を広げ、下腹部全体に重苦しい違和感が広がった。それは鈍痛といえばいいのか、ある種の表現できない不快感だった。一日中学校も行かず、何も食べられずに寝転がっていたが、重苦しさは尋常ではなかった。内科を受診したが、訴えが上手に伝わらなかった。僕はどう言えば上手に訴えられるのか、言葉がわからなかった。やがて塊は腹から胸へと這い上がり始めた。心臓が必要以上にドキドキと動き始めて、不安になったので心臓内科を受診したが異常は見つからなかった。塊はさらに這い上がった。腹も胸も巻き込んでさらに這い上がった。食道か気管か、ひどくつまりを感じた。しゃっくりが二日も三日も続いた。一度止まっても、すぐにまた始まった。のどのつまりは水を飲んでも唾を飲んでもとれなかった。

塊は目にも来た。眼前の風景が消えて真っ暗になった。目を開き続けていると風景は戻ってくる。しかし現実感の乏しい弱々しい光である。強い光には耐えられない。眼鏡に黒く色を付けてもらった。眼医者に行ってみたが、異常はなかった。

塊は脳にも上がってきた。鉄兜をかぶったように頭が重くなり、聞こえる声はいくつものカーテンを通過して届く声だった。精神神経科を受診した。うつ病と診断され、精神病院で鉄格子の中の生活を三か月体験した。鉄格子のなかで狂人たちと寝起きした中ではっきり確認できたことが一つある。

それは「僕は躁鬱とか分裂病とか統合失調症のような精神病ではない」ということ、である』

退院すると僕は自殺未遂を繰り返した。もうどこがどう痛いのかまるで分からない。腹も痛ければ頭も痛い、のどが痛いし目が痛い。

先生は何度も僕の訴えを書いたメモを読み返した。

そして気づいたことがある。

僕の訴えの主点は痛みではないことだ。それは〝詰まり〟とか〝違和感〟とか〝不快感〟とかいう言葉で表現されている。

そしてもう一点気づいたこと……それは違和感が一つの内臓の疾患として固定していないことだ……塊は体中を回っている。

体中を回る…？　それは…血液の病気ではないのか？

昨年の秋。先生に診断してもらうためにある母親が娘を連れて施設を訪れた。患者は依田兼美と言う三十三歳の女性だ。彼女は名古屋の大学を出て東京に本社のある有名会社に就職した。入社して五、六年たったころから、体調に意味不明な症状を訴え退職した。いろいろな医者を訪れたが原因が分からず、家の中で毎日ごろごろしていた。フィリピンまで出かけて、魔術師に占ってもらったことさえある。

彼女の訴えるところは、僕が訴えるところとてもよく似ていた。その彼女から、いいえ、兼美さんの母親からある連絡が入った。

兼美さんが亡くなったという。脳梗塞と心筋梗塞が同時に発症して亡くなったという。

血栓が脳に詰まれば脳梗塞になり、心臓に詰まれば心筋梗塞になる。血栓が悪さするところは、何も心臓と脳だけとは限らない。腸に行けば下痢になるだろう。頭に行けばうつ病にもなるだろう。

先生は僕の病気は血栓が原因のものだと結論付けようと思っていた。僕の体質は血栓ができやすいのだ……。あるいは特殊な血栓なのかもしれない。

僕が九十九里に出かけたのは、兼美さんの母親から先生に連絡の入った二日後のことだ。

30

おまえのいる黒潮病院は、お前の家を過ぎて一キロぐらい先の海岸へ向かう道とは逆の丘の方へ向かう道を上った、海を見渡す高台にある。

僕はお金のできたその日のうちに出発した。身の回りのものすべてを、バッグに詰めて出発した。これだけあれば二晩くらいの野宿でもできるだろう。

お金があったのでタクシーに乗ることも覚えた。東金の駅からはタクシーに乗った。黒潮病院には翌日の夕方に着いた。

すぐにおまえの病室を訪ねると、おまえは二人部屋を一人で占領して眠っていた。

僕は昨晩眠れなかったのと、何も食べていなかったので疲れたのかもしれない。お前の寝顔をしばらく見ていたが、ベッドの下に座り込んで、そのまま寝てしまった。

お前の魂と一緒になった僕の魂を男が二人来てはがそうとした。僕ははがされてなるものかと激しく抵抗した。手を振り回し、足はむやみと蹴り回しながら、人の限界の力を出して抵抗した。白衣を着た先生の「これはダメだな」と言う声が聞こえた。先生は僕の腕をまくると注射を打った。僕は全く抵抗ができなくなった。そこを男二人に担がれて、どこかへ連れていかれた。

気がつくとお前の部屋に寝かされていた。天井からバレーボールが吊り下がってい
たので、すぐわかった。外はしっかり明るかった。朝は明けたばかりなのかもしれな
い。僕は静かに平村家を出た、玄関の扉はいつかのように開けてあった。僕はお前の
病院へ向かった。小一時間は歩いた。

おまえはベッドの上に起き上がっていた。僕の顔を見るとにっこり笑った。僕は笑
い返さずに、おまえの胸に頭をつけ、おまえを抱きかかえるようにして泣いた。
看護婦が来た。これから診察だから病室から出てくれと言われた。
僕は病室から出て診察が終わるのを待った。診察が終わると病室に入った。
ベッドのそばの椅子に座って、おまえの似顔絵を出して、魂の儀式の話をしようと
すると、また看護婦が来た。体を拭いて着替えるから、病室から出てくれという。病
室から出て、終わるのを待って入るとまた看護婦が来た。処置するから出ろと言う。
また出た。入るとまた看護婦が来た。隣のベッドに新しい患者が入るから、処置が終
わるまでは病室に入らないでくれ、という。

お前の顔を見ると、いまにも吹き出しそうな顔をして笑っている。

それからおまえは針を打たれて、体に薬を注入されて眠った。結局午後遅くになるまで、おまえとゆっくり話をする時間がなかった。

やっと時間ができて喜んでいたところに、今度はお前のお母さんが来た。

「椎は女の子なのですから、そんなに汚れた人がそばにいれば嫌でしょ」

そのとおりである。お前のお母さんに言われるままに、車に乗りお前の家でお風呂をもらった。風呂から出ると、新しい下着からシャツまでが用意され、着てきた服は洗濯機に投げ込まれていた。

「申し訳ありません。ありがとうございます」

僕は丁寧に頭を下げた。手元に残っていたのは一万円札が一枚と小銭である。僕はそれをお母さんに渡そうとしたが、お母さんは見向きもしなかった。僕は一万円札を握ったまま、「すいません。もう少し椎ちゃんのそばにいさせてください」と、お願いした。

食事が用意されていた。おかゆと白く濁った薬臭いスープがあった。お母さんはたぶん僕の病気を知っている。それを飲むとすぐに眠くなった。

「布団が敷いてあるので寝なさい」と言われ、お母さんの言葉に従いお前の部屋に行った。無性に眠かったのですぐに寝てしまった。

次の朝も起きるとすぐに病院へ向かった。やはりゆっくり話せる午後まで待って、やっとおまえと長い話ができた。

お前は体調がいいのか、自分の子供のころの話をしてくれた。

お父さんと船で海へ出て大きな魚を釣った話、お兄さんとセミを捕った話、朝早く起きてカブトムシやクワガタムシを捕りに行った話、お母さんに縁日で下駄を買ってもらった話、帰りには大きなスイカを買ってきて、家族みんなで砂浜に出てスイカ割りをした話。

「椎はいいな。お父さん、お母さん、お兄さんとの思い出がたくさんあって」

僕なんか生まれてすぐに他人の家に預けられて、預け先は転々としたんだよ。妹が一人いるけど一緒の預け先にいたのは一年だけ、兄妹と言っても他人みたいだよ。家族での思い出なんて何もない。父は戦地でかかったマラリアが再発して、結核を併発して死んだ。僕が二歳の時で、母のお腹には妹がいたらしい。母は大変苦労した。だから僕は親孝行しなければならないのだけど……

そこに看護婦が来た。看護婦はお前のお母さんからの伝言を持ってきた。

「一夫さんにはなるべく早く家に来るように言いなさい。お腹がすいているはずです。ごはんができています」

僕は、「お前のお母さんは本当の息子のようによくしてくれた。いつか必ず恩返しをする」とお前に話した。

おまえの顔は少し疲れ気味だったので、僕は早々に病院を出た。

31

平村の家に行く途中。病院から丘を下って海岸線のバス通りに出た海岸寄りに、「パート募集」のポスターを見つけた。その工場らしき建物の中をのぞいてみると、年配のおばさん方が四人、樽をひっくり返して椅子にして、手にはナイフのようなものを持って、貝の腹を開けている。中身はこそぎ取ってバケツに入れている。そばにはこそぎ取られた貝の殻が山となって積まれている。

僕は黙ってみていたのだが、その中の一人のおばさんが、

「あんたもやってみるかい」と、冗談のように言った。

「僕にでもできますか？」

「手があれば誰にだってできるよ」

おばさんは椅子とナイフを持ってきてくれた。

僕はおばさん方の真似をしながら挑戦した。そんなに難しくはなさそうだ。ただ僕が一つ終わる間に、おばさん方は四つも五つもこなす。これではだめだろうと思っていると、おばさんはどこからかこちらに近づいてきた男に声を掛けた。

「今日から一人新人が入ったよ」

男は僕をじっと見ていて少し驚いた風だったが、ニコッと笑った。

「そこにタイムカードがあるから、自分で名前を書いて、仕事を始めるときに押しなさい」

僕はその言葉に驚いたが、その親切をまともに受けることにした。男はすぐにいなくなったが、笑い顔がどこかお前に似ているような気がした。

どうせあてにならない風来坊みたいな男だ、すぐに来なくなるだろうと、思っているのだろう。

仕事の詳細はおばさん方が親切に指導してくれた。特にキヨさんと言うおばさんは熱心に指導してくれた。

次の日からはまっすぐおまえのところには行かずに、まず工場に行った。貝殻開きを昼までした。それから病院へ向かった。

注射を打たれて眠るお前を見て、また貝殻工場に行った。そしておまえの目が覚める時間を見計らって、病院へ戻った。

お前に貝殻工場の話をしたが、全く関心がないのか、そっぽを向いていた。

僕は、お母さんにいくらかでもいいからお返しするために、おまえのそばに一日でも長くいるために、働くのだといったが、おまえがそれを聞いていたのかはわからない。

一週間がたった。三万円の賃金をもらった。僕はうれしかった。やっとお母さんに少しだけは返せると思った。帰るとすぐにお母さんに三万円を手渡した。

「いただくことにしましょう」と、お母さんは言った。僕は少しだけほっとした。

そして二週目、三週目。お母さんの言葉はいつも同じだった。

「いただくことにしましょう」

二か月が流れた。お母さんは突然変なことを言い出した。

「これからは振り込みにしますから、この通帳は自分で管理しなさい」

篠原一夫の通帳と、印鑑を渡された。そこには僕がお母さんに渡した全額が書き込まれていた。僕は頭を下げたままで、お母さんの言葉の意味が分からなかった。ただお母さんの顔を見続けた。

病院へ行ってお前にその話をすると、

「あんちゃんは変なところは鋭いけど、本当に鈍いのだもん」と言われた。

おまえは、「その工場の社長が私の父だ」と、話した。

そうすると全てがつじつまあう。使い物にならない僕を使ってくれた。それはお前の兄さんだったからだ。お母さんが会社の事務をしている。

四か月がたった。お前は退院することになった。

僕はもうお前のところに泊めてもらうわけにはいかない。立川に帰るか、少し収入があるので、近くに住まいを借りてもいい。

お前はだんだん弱っている。なるべくそばにいてあげたい。お前に何かあっては困る。僕は近くに住まいを借りることにした。

工場には忙しいときのために、従業員の宿泊所がある。僕はお前の兄さんの小鷹さんに毎日泊めてもらえるように頼んでみた。

「あそこでいいなら、使ってください」

小鷹さんは家賃を取らなかった。そのために稼いだ金が減らなかった。

32

僕は工場と平村家を往復した。平村家に行けば、お前の部屋に入ったきり動かなかった。お前のために僕ができることは何もなかった。ただ一緒にいてあげることしかできることはなかったたし、ただ一緒に居たかった。たまに果物を買ってきて、おまえにあげると、おまえはおいしそうに食べた。

おまえはだんだん喋るのさえ億劫になってきた。

たまにお母さんは、おまえのために黒潮コーヒーを調合してきた。それを黒潮コーヒーとはおまえがそう呼んでいるだけで、薬草を煎じて海藻のミネラルを混ぜたもので、コーヒー色をしているのだった。

おまえの飲み残しを僕は飲んだが、不思議に僕の体にもなじむ。牛乳を飲んだだけでひどい下痢を起こす僕の体に、なんの異変も起こさず、しかもおいしい。お母さんはいつからかお前と僕の分まで用意してくれた。

黒潮コーヒーを飲んだお前が体調の優れてきた時、僕はお前に肩を貸して砂浜に出た。二人で寄り添って海を見つめ時間を忘れる。それはちょうど木曽駒高原の草原の中で、あるいは「戦闘の丘」の上で二人からだを寄せ合って、いつまでもそうしていたいと思ったときのようだ。

水平線と地平線が重なり、昼が夜に吸い込まれるとき、僕は自分の魂がお前の魂と一緒になって、昼の運命と同じように、そこに吸い込まれることを祈った。おまえは僕の肩を枕にして寝ていた。

家に戻るために、お前を背負うと、おまえは確実に軽くなっていた。

おまえのためにできることは、トイレに行くおまえに僕の腕を貸すこと、着替えの手伝いやら、おまえの食べ終わった食器を台所まで片すこと。おまえのためになにか……。

できることはただ一緒にいることだけだった。

おまえは前に、医者になりたい、と言ったことがある。医者になってあんちゃんの病気を治してあげると言った。

僕には医者は無理だ。お前ほど頭がよくない。でも僕は祈ることならできる。そしてそれが本当の祈りであるなら、それは神様まで届くはずだ。

僕はそれを信じたい。いや信じている。

そして一年が過ぎた。

僕には少しずつだけどお前のお母さんの黒い魂胆が見え始めてきた。

それはおまえに運ばれた黒潮コーヒーを黙って取り上げて飲んだ時に、その疑問は確信へと変わった。僕の飲む黒潮コーヒーは薬剤を調合したものだが、おまえのものは全く違う性質のコーヒーなのだ。お母さんはお前に毒薬でも盛って、おまえの死期を早めようと思っているのではないかと邪推したくなることもあった。お前は死んで、僕を生かす…？　お母さんはそう思っているのかもしれない。

でも、お母さんそれは違うのです。お母さんには今僕が体験していることが、どういう言葉を使っても解らないでしょう。

お母さんは人生なんて一度で沢山だ、と思っているかもしれません。でもそれは違うのです。

僕たちは毎日のように、雨の降らない日には砂浜に出かけていきます。

そこでぼくたち二人が何を見ているのか知っていますか。僕たちは水平線の向こうに昼が夜に吸い込まれていくのを見ているのではありません。

僕たちの魂は水平線のかなたまで行って、そこから砂浜に座って水平線を見ている僕たち二人の姿を見ているのです。そして完全に吸い込まれるのを待って、二人は海岸に座った二人に戻って砂浜を離れるのです。

それはたぶんお母さんにはわかってもらえないでしょう。

お母さんはお前の病気はもう完全にあきらめていた。反対に僕の健康は黒潮コーヒーを飲むごとに回復へと向かった。下腹部に陣取っていた黒い塊は破裂し、破片はどこかに散った。小さくなった塊は腹から胸へ、のどの方へと占める場所を変えていった。そのせいか下痢することはほとんどなくなった。お母さんは僕の病気の正体を知ったのかもしれない。たぶん松木先生を訪ねて知ったのだろう。

お母さんの魂胆を知った時から、僕はそのコーヒーを捨てた。お母さんにわからぬようにこっそりと捨てた。

僕にとって生きるとは愛することであった。

愛することと愛されることとは全く同じものの表と裏である。愛する者は必ず愛されているし、愛される者は必ず愛している。愛には必ず対象が必要である。相手のない自己愛は愛の範疇からはるかに外れるものである。それは生きるということから外れたものであるから。それは少なくとも僕にとっては不要なものだ。

生きることが愛することなのだから、愛することがなくなれば生きる意味などない。

お母さん、人生には深い意味があります。人を愛することで初めてわかる深い意味があります。

33

半年が過ぎた。

立川の母から連絡があった。母は国分寺での住み込みの女中の仕事を辞めた。飯田橋の自動車工場で自動車シートを縫う仕事に変わった。朝は早いけど、毎日夕方五時には帰れる仕事だから、一緒に住まないかと言ってきた。

僕は二日間だけ帰ることにした。

「貯金通帳を持って帰って、いくらでもいいから立川のお母さんに渡してあげなさい」

おまえのお母さんから助言をもらった。僕はその通帳は丸ごとおまえのお母さんに渡すつもりだった。でもそれはお母さんが受け取らないだろう。僕は通帳から十万円を引き出した。

「お母さんにはどういうお返しをしていいか分かりません。これだけでも取ってください」と、丁寧に頭を下げた。

お母さんの態度はいつもと同じだった。

「預かっておきましょう」

お母さんは、「立川のお母さんに持っていきなさい」と言って、魚の干物を食べきれないほどことづけてくれた。それと黒潮コーヒーの入った箱をくれた。中には紙包みに小分けされた薬草が五十ほど入っていた。煎じ方を書いたメモがあった。

お母さんは、たぶん僕が九十九里に来ることはもうないだろうと思ったかもしれない。お母さんの本心はそれを望んでいたのかもしれない…死期が迫っている病人を捨てて立川に戻る…それが僕のためにも一番いいことだろうと…

僕を送り出す時に、「椎のためにいろいろとありがとう」と、お母さんは言った。

お母さん。それは違います。椎ちゃんがいたから僕は今まで生きられたのです。お母さんにはわからないでしょうけど、椎ちゃんがいるからこそこうして今も生きられているのです…

立川に戻ると、僕は通帳ごとそっくり立川の母に渡したが、母は受け取らなかった。

「お前が自分で稼いだお金だから、自分で使いなさい」と、母は言った。

二日後。僕は当然という顔をしてお前の家の門をくぐった。

おまえの家の周りは車で埋まっていた。何があったのだろうとは思ったが、当たり前のようにお前の部屋にずかずかと入っていった。そこには白い棺があった。ドキドキ鳴り始めた心臓で棺をのぞくと、おまえが眠っていた。

僕はお母さんを探した。お母さんはたくさん集まった人たちを相手に忙しく動いていた。

僕は大勢の人目も無視して、お母さんに攻めよった。

「お母さん、椎ちゃんに何があったのですか」

お母さんは何も言わずに下を向いていた。

「椎ちゃんに何があったのですか？」

お母さんは顔を上げた。涙が見えた。

怖い顔をしていた。あの優しいお母さんはこんな怖い顔も持っているのか、と思った。

お母さんは何も言わずに僕を応接室の奥にある部屋に連れて行った。

「椎は女性です。生理もある女性です」

そんなことはわかっている。僕はお母さんがいったい何を言い出すのかわからなかった。

「あなたは女性の恥じらいってものがわかっていて？　椎は毎晩泣いていたのよ。あなたによくされるたびに、すまないって。あなたに優しくされるたびすまないって。毎晩毎晩泣いていたのよ、わかっていて？」

僕は頭を下げたまま何にも言えなかった。涙が出てきた。次から、次から出てきた。何もわからなかった。すまない。僕は何もわからなかった。お前がそんなに苦しんでいることは、何もわからなかった。

椎、すまない。椎、すまない。何もわからなかった。

ぼくはお前といられる幸せに酔っていた。お前の気持ちは全く無視して、自分一人で勝手に酔っていた。

僕はその足で平村家を出た。どこでどう列車を乗り換えたのかもわからない。駒ケ根駅からは一時間以上歩いたかもしれない。以前お前が飛び込んだ同じ場所に着いた。はるか下に天竜川の流れが見えた。

僕はそこに向かって飛び込んだ。

僕はずっとお前と生きてきた。おまえのいない人生は人生ではない。

平村雲雀は娘を失った。

平村雲雀は息子を獲得した。

平村百舌。戸籍には養子とある。

第三章　愛の奇跡

34

平村百舌は立川市柴崎町の篠原の標識の前に立っていた。

カーテンが少し動いて、その隙間から誰かがこちらをうかがっている。百舌は相手が出てくれれば挨拶しようと思っていた。挨拶だけしたら誰であれ帰ろうと思っていた。知恵もどこからか百舌の動きを観察しているかもしれない。知恵でも会えば挨拶だけして帰ろうと考えている。今日が最後だ。もう来ることはないだろう。

百舌は表札の前で、深く腰を曲げて礼をした。そして昨晩一晩中かかって書いた手紙を篠原の郵便受けに入れた。

「篠原知恵様

平村百舌としてあなたに初めて手紙を書きます。

僕の記憶を戻そうとしていろいろと努力してくれてありがとう。

でももうその努力は止めてください。あなたにとっては残酷なこととは思いますが、僕の中には篠原に戻ろうとする意志がもう全然ないのです。

僕は丁度あなたぐらいの年頃に、訳の分からぬ病にかかり、駒ケ根高原のある施設にお世話になったことがあります。そのころは毎日が自分自身との戦いでした。

朝は起きようとする強い意志がなければいつまでも起きられないのです。ごはんは食べようとする強い意志がないと、いつまでも寝ているのです。学校へ行くなどと言うのはとてもとても難しく、強く強い意志が必要でした。

それだけ強い意志が僕にはあります。その強い意志が、篠原に戻るまいとしているのです。

なぜでしょう。それは新しい愛に生きなければいけない必要ができたからです。

僕はとても弱く、不器用な人間です。篠原と平村の二人の人間を生きることなぞとてもできませんし、そんなエネルギーも持ち合わせてはいません。

そして平村を生きようと決心しました。決心なんて言うものとは全然違うものの様な気がします。そうせざるを得ない何かがあるのです。

人は一生のうちに何度生まれ変わるのでしょう？　生まれ変わるたびごとに、罪を重ねていきます。僕の重い罪はきっと僕に重い罰を与えるでしょう。

初め僕は生んで育ててくれた母を捨てました。それは恋人、椎との愛に生きるためです。椎は自殺しました。僕は自分が彼女を殺したと思っています。僕はとても弱い男です。愛がないところでは生きられないのです。

愛とは相互的なものです。愛する喜びと愛される喜びが、相互に行き合わなければ愛は成立しません。愛することはいずれ愛されることに変わり、愛されることはいずれ愛することに変わります、愛することと愛されることは同一の意味になります。愛と言う行為の表と裏なのに過ぎません。

僕の過度の執着が彼女の重荷となり、彼女を死に追いやってしまったのです。僕がいなければもっと安らかな死を選んだでしょう。僕は彼女の後を追って死にました。

それがどこでどう生き返って、あなた方と生活をともにするようになったのかが全く分からないのです。

僕は新しい愛を、あなたのお母さんとあなたからもらって生きてゆくことができました。その愛を僕は捨てたのです。昆虫が何度も脱皮を繰り返すように、僕は新しい愛の生活のために、記憶がなくなったという口実を理由にあなた方を捨てました。僕の強い意志がそちらを選びました。新しい愛に生きるのが自分の運命なのです。

僕はあなたのお母さんには会いません。

人が生きることは人を傷つけることかもしれません。僕は今まででもそうでしたが、これからは一層厳しく罪人を生きなければなりません。それは素直に引き受けようと思います。僕の罪が酷過ぎるようであれば、罰を受けるでしょう。その罰によって新しい生活はすぐに崩壊するかもしれません。でも僕はその道を選びました。そうしなければならない運命があるのです。それは言葉ではとても説明できません。

最後に僕にはそろそろ年金を受ける資格が発生するそうです。その年金があなたのお母さんのもとに行くように、小鷹さんに頼んで、手続きしてもらっています。

あなたとあなたのお母さんが元気で暮らせますように祈っています。

さようなら。　平村百舌」

35

百舌はそれから東京都江戸川区小岩三丁目の平村海産物商会に平村小鷹社長を訪ねた。本当は先に九十九里に椎のお墓を訪ねたかった。でもそれは怖かった。というよりはそこに彼女はいないという変な確信があった。それは霊感でもあった。椎は穂高にいるのかもしれない。

小鷹社長を訪ねる前に、椎の思い出を求めて百舌は駒ケ根高原を訪ねて歩いてきた。そして、そこにはしっかりと思い出が残っているのを確かめた。あの時は黒い額縁に縁どられて見えた世界が、今度は銀色に縁どられている。あの時はよほど体の具合が悪かったのだろう。今日一日生きられるのか？　毎日毎日がその格闘であった。あの時はいつも隣に椎がいた。今度も椎が近くにいるのだがその姿が目には見えない。

宇宙は幾層もの世界が重なり合ってできている。神様はあっちの層からこっちの層へと簡単に行き来するが、人間にとってはそうはいかない。めまいと耳鳴りと、頭痛はひどく激しく、体はちぎれんばかりの苦しみである。そして卒倒する。

桜並木の間から突然椎が姿を現すのではないかと百舌は思い、体が震えたが椎は現れなかった。突然セミの声がやかましくなった。百舌は思わず耳をふさいだが、その手を通して椎の声が聞こえた。すぐに声の方を振り向いたが、そこに椎の姿も匂いもなかった。が、遠く離れ光る向こうの景色に靄がかかって、椎らしき姿が消えていった。

二人が生活した建物も全く姿がなかった。〝戦闘の丘〟も見当たらなかったし、ちいさな霊園も消えていた。松木先生の消息もつかめなかった。まるで幻のようだ。

そして一泊二日の旅をしたつもりが、実際には四泊五日も費やしていた。「この世の時計の進行は、僕の心の中の時計の進行とは違うようだ」と百舌は思った。

お母さんにあった日。……あの九十九里の大きな絵の後ろにおまえは立っていた。

それは幻なんかではない。……椎は穂高で、百舌の来るのを待っていたのだろう。

お母さんには今椎ちゃんがどこにいるのか聞けなかった。椎ちゃんのお墓がどこにあるのかを聞けなかった。

それだけで小岩に来たわけではないが、それを小鷹に尋ねてみたかった。

小鷹は百舌を見るとすぐに応接室へ通した。そこには先代社長平村熊鷲の写真が応接間全体を見渡していた。熊鷲は小鷹の父で、もともとは漁師であったが海産物商社を立ち上げた。仕事の過労から十年前に亡くなっている。

平村農産物商会は小岩三丁目が本社で、九十九里浜に加工品工場がある。

百舌は立川に行ってきました、と報告した。

「知恵さんに会ったかい」

「会いません」

「知恵さんのお母さんには会ったかい」

「会いません」

「君は知恵さんのお母さんがどういう人か分かっているのかい？」

「知りません。知ってはいけないのです」

「知ってはいけない？」

「知らない方がいいのです。知ってしまえば新しい生き方ができなくなってしまいます」

「君がそう言うのなら、俺には何も言えないけど…」

「昨日一晩かけて、自分の意志をはっきり書いた手紙を置いてきました。僕はこれから平村百舌を生きるつもりです。それを無言で報告してきました」

「知恵さんも君のためにいろいろ努力したんだけどな」

「お兄さんにはいろいろご迷惑をおかけし、本当に申し訳ありません」

「俺は知恵さんに頼まれて君の失業給付金をもらいに行ったりしたのだけど、給付金詐欺の犯人にされちゃったよ。君の写真とまるで似ていないからな」

「申し訳ありません」

「役所なんてところは、人の善意なんて一切関係ないからね。型にはまってなければ、誰であろうと、なんであろうと受け付けない。いい勉強したよ」

「すいませんでした」

「それで職業安定所に弁明に行ったのだけど、あそこで君に会うとは思わなかったよ」

「僕は本当に小鷹さんがわからなかったのです。ごめんなさい。許してください」

「君は飛び込みに慣れているのだな。でも頭から突っ込むのは危ないよ。高円寺の駅だって、だいぶ高いところにあるじゃないか。俺が君を追ってすぐに飛び込まなかったら危なかったぜ」

「本当に申し訳ありません」

「ところで君は履歴書をもって初めてここへ来た時のことは、本当に何も覚えてないのかい？」

「本当に覚えていません」

「『二十年働いた会社からリストラされました。こちらの会社で働かせてもらえませんか、何か前生でこの会社で働かせてもらったような気がする』なんて言い出したから、俺は君の顔をじっと見つめたよ。芝居か？　それとも狂ったか？　芝居にしては真剣味があったから、しょうがなくてお袋に電話してみたよ」

「お母さんなんて言いました？」

「おふくろは君の病気を誰よりよく知っている。こんな日が来るのを三十年も待っていた」

「お母さんが？　三十年も？」

　知恵が現在十八歳だとすると、知恵が生まれてから十八年、生まれる前の十二年、合わせて三十年の記憶だけがすっかり消えてなくなっている。

「君の病気の根本原因が脳にあるなら、古い脳を捨てて新しい脳で生きるのもいいかもしれない」

36

　平村雲雀には計略があった。

「『あの子は都合の悪いことは忘れる能力があるのよ。私に考えがあるから三日後にまた来るように言ってちょうだい。私もそっちへ行くから』って言ったよ」

　会社の玄関の一番目立つところに、椎の描いた「九十九里浜」の絵を貼り付けた。

　百舌はものの見事にその計略にはまった。

　道路からその絵を見た百舌は一目散にその絵に向かって走った。

ちょうどその時会社から荷物を積んで道路に出ようとしているトラックがあった。警笛を鳴らして、ブレーキを踏む車に百舌はぶつかっていった。

小鷹をはじめ目撃した社員は総出で、近くの折茂病院へ百舌を運んだ。折茂先生の診断は脳震盪で、寝かしておけば治るとのことで、しばらくは医院のベッドに寝かしておいた。

けれども、起き上がる気配がない。狭い医院なのでいつまでもそこに置いておくわけにはいかない。小鷹はやむなく百舌を社員寮である新生荘に移した。しばらくして行ってみたがまだ寝ている。

小鷹はバナナ二本を置いて翌日来ることにした。

しかし小鷹が一番不自然に思ったことは、百舌の所持品が全くなかったことだ。百舌はもともとかばんは持たない。だけど財布は持つだろう。名刺入れは持つだろう。自動車の免許証は大体の人は携帯するだろう、健康保険証は携帯するだろう。それが全くなかった。スーツのポケットにはハンカチはおろか、小銭の十円玉一個すらなかった。

幸い、百舌が置いていった履歴書から、立川の連絡先もわかったし、知恵さんも駆けつけてきた。

「俺のわかるところで卒倒してくれてよかった」と小鷹は思った。

それはあらかじめ仕組まれたように完璧な脳震盪であった。百舌は百舌なりに精一杯過去に戻ろうとしたのかもしれない。そうとしか説明のしようがない。

大した衝突ではなかったし、折茂先生にも全く訳が分からない。

見知らぬ街角なんかで倒れたならいったいどういうことになっていたのだろう。小鷹は今更ながら怖い思いがした。それがまた百舌の強運なのかもしれない。

小鷹は二十年以上前に九十九里の工場に来た時の百舌を思い出していた。

初めて百舌にあったのは黒潮病院で、父の熊鷲と二人で暴れ回る百舌を病院から運び出した時である。妹になんと頑固な男がくっついたのかと、心配したが、話せば素直な男だった。年はいくらも違わないが、人並外れた純粋さみたいなものに好感を持った。


翌日小鷹が新生荘に来てみると、まだ寝ている。バナナは皮を剝かれて投げ捨ててある。そこで平村雲雀に相談してみると、様子を見ようということになった。

「それからは君の覚えている通りなのだけど…」

百舌は事の顚末を知った。

「通帳も家賃の督促も策略なのですか?」

「お袋の考えだ。君がどう反応するのか見たかった。お袋は一度君にそっぽを向かれているからね」

「失業保険の通知も策略ですか?」

「あれは知恵さんから頼まれて置いただけだ。あんまり君がいつまでも起きてこないからね。彼女もだいぶ心配したよ」

「お母さんはなんか言っていました?」

「あの子は椎を思い出したくはないのじゃないかしら、って言ってたよ」

「そうですか」

「まさか君があそこに半年も居つくとは、お袋も思わなかったよ。好きな娘でもできたのだろう?」

「お母さんは何でもわかるのですね」

「おふくろは喜んでいたよ。君はまた生きられるかもしれないって。それが福島に行った子のことかい」

「そうです」

「もう少しお嬢さんくらいの年齢だと思ったけどね」

そこへ応接室のドアーを開けて社員が入ってきた。

「社長お呼びですか」

「百舌が来ているから挨拶してくれ。これから穂高野草園の責任者になる」

百舌はどこかで見た顔だと思ったが、思い出せなかった。

「赤星です。よろしく」と相手は名刺を渡した。

「百舌さん。車には飛び込まないでくださいよ」

百舌はその喋り方で思い出した。

赤星だ。赤星興業の社長だ。不動産屋だ。

「思い出しました。赤星興業。不動産屋の社長」

「勘弁してくださいよ。あの建物は会社の土地ですよ。毎月払い込んでくるのにはまいりましたよ」

「赤星君は動植物の漢方薬の専門家だ。まあ君の身体の健康に一役かった薬を作った人だ。ひと月に一週間は穂高に行ってもらうから、百舌もいろいろと勉強してくれ」

「よろしくご指導ください。何もわからないものですから」

百舌は丁寧に頭を下げた。

赤星も頭を下げ退室した。

37

「ところで穂高に行って、何か感づいたかい？」

「懐かしい門柱がありました。玄関も九十九里浜の家と同じでした」

「あれはお袋が悩んだ末に、九十九里浜から穂高へ移したのだよ。君に対して凶と出るか吉と出るかの賭けだったよ」

「お兄さん。椎ちゃんのお墓はどこにあるのですか？」

「それがどこにもないのだよ」

「どこにもない？」

「そうだ。お骨は穂高に置いてあるけど、椎が暴れだしてなかなか納めさせてもらえないらしい。お袋も年のせいか変な夢ばかり見るらしい」

やっぱりそうか。あれは椎だったのか。椎は俺を待っていたのだ。穂高で俺を待っていたのだ。

俺は生かされている……俺は椎に生かされている。

「お兄さん僕に経営なんてできるのでしょうか？　まして何人もの人を抱えている会社を？」

「それは大丈夫だ。君の過去を調べさせてもらったが、君は過去に小さな組織をきりもりしていた。突然体調を崩して、神経科に一か月ばかりかかった。それがもとで退職したが、上役たちには全く原因が分からないらしい。未だに君の復帰を望んでいる」

「そうですか。そんなことがあったのですか」

「先日、君の主治医と言う外国人の医者が来たが…」

「ヤーセンですか？　イスラエル人です」

「まだ治療中と言うことだが、通わないでいいのかい？」

「通いません。もう終わりました」

「君がそう思うのならそれはよかったのかもしれない。多分もう本国に帰っていると思うからね」

　僕の病気は…病気なんかじゃない。これは催眠術なんかとは全然関係ない。もっと人間の本質にかかわる深いものだ。人の魂にかかわるものだ。

「穂高の薬草園、あれは君の金で買ったのだから、成功も失敗も、君の思うようにすればいいのだよ。お袋に遠慮することなんか、まるでないからね」

小鷹の言葉に百舌はまるで合点がいかなかった。

立川の篠原一夫の母民子が九十九里浜の平村家を訪ねたことがある。

まだ平村椎の初七日が明けない時だった。篠原一夫の母民子は平村雲雀の前で頭を下げた。

「今日はお願いがあってきました。ろくに知りもしない方に大変失礼なお願いですが、あなたにあの子を預かってもらうわけにはいきませんでしょうか。あの子といると怖くて、怖くて一時も神経が休まらないのです。また飛び込むのではないか、また薬を飲むのではないか。毎日気が狂うほど心配なんです」

「今はどうしています?」

「ほとんど寝ています。あなたをだいぶ慕っていますので、あなたに相談するのが一番だと思って来ました。出来るだけの手当は用意するつもりです。一か月で結構です。少しでもあの子の気分が落ち着いてもらえばいいと思うのです。預かっていただけませんか。あなたとしばらくいれば、あの子に新しい命が授かるかもしれません」

雲雀は返事はせずしばらく考えていた。

「今度あの子が変なことをしようとしたら、差し違いをしようとも考える時がありま
す」

「わかりました。お預かりしましょう」

「ありがとうございます」

民子は頭を下げた。そしてまた頭を下げた。

「預かるのではなく、いただきましょう」

民子は雲雀の言う意味が分からなかった。

「と申しますと？」

「私の子として育てます。手当はいただきません。譲り受けるのですから」

民子は何度も頭を下げた。

どうせ死んでゆく子だ。なんとか生をつなげてさえいってもらえればいい。

「私の方から月々あなたにお礼としていくらかずつかをさしあげたいと思います」

「よろしくお願いします」

民子は何度も頭を下げた。雲雀の言う意味が全く分からなかったが頭を下げた。民子の心の中には預かってもらえる、何とか生きられるかもしれない、と言うことしか

なかった。

必要な書類はすぐに送られてきた。雲雀は平村百舌を獲得したが、肝心の百舌本人は一向に平村家に顔を出さなかった。

雲雀は三十年間百舌を待った。


「三十年だよ。お袋はいつ君が来てもいいように、毎月三万円を積み立てた。単純に計算しても大した額になるだろ。それを頭金にして買った会社だよ。だから君が買ったようなものだ」

「そんなことがあったのですか。ありがとうございます。思い出をしっかり背負って生きさせてください」

まだまだ体調は良くないが、その中で生活するコツは覚えた。椎ちゃんの苦しさとは比べものにならない、百舌は思った。今度は椎ちゃんの苦しみを最後まで見届けたお母さんもいる。そんな単純なことではない、椎ちゃんが毎日そばにいるのだ。薬学の専門家も近くにいる。これに勝る環境はない、百舌は思った。

「ところでその時から篠原一夫という人間はこの世に存在しないはずなのだけど、君はよく篠原一夫で生きてこられたね」

「話はまだあるから、栃錦がよく通ったうなぎ屋にでも行こうか。今日はのんびりしていきなさい。君が暮らした新生荘の部屋もそっくりそのままにしてあるから、今晩はあそこに泊まりなさい」

「ありがとうございます。明日は朝早く福島の方に行こうと思っています」

「やっぱり行くのかい。君の気持ちが済まないのなら俺には何とも言えないが、お袋は何と言っている？」

「大歓迎してくれています」

「そうか、大歓迎か。お袋も椎にも子供ができたように思うのかな」

「そうかもしれません。ところでお兄さんに相談ですけど、二人をもらうのにはいくらぐらい用意すればいいでしょうか？」

「さあ。人の命をもらおうと言うのだから金には換算できない。それは俺にもわからんけど難しいな。あんまりあっさり決めようとしないで、じっくり話し合うことだな。相手はなんて言っているのだ？」

「お金はいらないと言っています」

「引き取ってもらえるなら歓迎するという意味かい」

「そうだと思います」

「そうかそれは逆に難しいな。何かもらってくれた方が楽なんだけどな」

「明日は、相手にとって子供たちがどういう存在であるのか見極めようと思っています」

「相手の現在の状況やら心境をしっかり見つめないといけない。不器用な人は自分の正直な気持ちを言葉にできない人が多いからな」

「わかりました。お兄さんにも姪が二人増えることになります。よろしくお願いします」

「楽しみだね」

38

カーテンの隙間から陽が射していた。

見慣れた部屋だ。百舌は上着とズボンは脱ぎ捨てたままで寝ていた。つけたままの腕時計は十時を指している。

カーテンを開けると、初夏のまぶしい光が入ってきた。

昨晩は遅くまで小鷹と飲んだ。部屋まではどういう風にして戻ったのかはまるで分らない。たぶん小鷹さんが送ってきて寝かしてくれたのだろう。そうして過去には二回も寝かしつけられている。快い眠りだった。

そばには小さな座り机がある。その上には小切手が置いてあった。百万円が記載されている。たぶん小鷹さんが昨日のうちに用意してくれたのだろう。福島のどこの銀行でもお金に換えられる。

「俺は何と恵まれた男なのだろう」、と百舌は思った。

ふと玄関ドアーに人の気配がした。

「そうだ。今日はぬえに会えるのだ。ぬえが迎えに来ているのかな」

百舌は勇んでドアーを開けに行った。しかしそこにはぬえの姿はなかった。ひょっとしたら隣の部屋にいるかもしれないと、ふすまを開けてみたが、そこにもいなかった。ただぬえとちまきの怪しい香りが漂っていた。

百舌は支度を整えるとパン屋に向かった。が、そこにパン屋はなかった。

なぜないのだろうと周辺を探したがパン屋は見つからなかった。夢か？　やはり夢か？　俺がこれからしようとすることは夢の続きなのかもしれない。

少し足を延ばしてみると、そば屋も風呂屋もあった。パン屋だけが無い。江戸川信用金庫はあったし、ゴッホが運ばれた病院もあった。

ぬえの住む長屋を訪ねてみた。長屋は壊されて無かった。その長屋のあった隅の方に、ちまきがうさぎを飼っていたかもしれないような、小さな小屋が転がっているのをみつけた。ちまきの顔が目に浮かんだ。その小屋の中にずっとうさぎになってたたずみ、涙を流しているちまきの姿が目に浮かんだ。そうすると二人に無性に会いたくなった。

百舌は駅へと急いだ。すぐにでも会いたい。

そして何時間列車の中にいたのだろうか。会津若松までは耐えきれないくらいの長い距離に感じた。列車はまだ知らぬ異界へと入っていくようだ。

もう蒸気機関車は走らないのだろうか。あれはぬえの夢でしかないのかもしれない。

会津若松駅からはレンタカーを借りた。

車で行くことにしたのは、二人の顔を見たならそのまま引き返せないだろうと思ったからだ。その車に二人を乗せて帰りたかった。

免許を取るためには二週間かかった。過去に運転歴があったのかもしれない。運転の実技試験で問題になることは何もなかった。

しかしそのためにぬえを迎えに行くのがだいぶ遅れた。でもそのおくれは必要なおくれだったのかもしれない。

平村薬草園の仕事はだいぶ覚えた。それは雲雀が百舌のために、天国の環境を作ってくれたとしか思えない。雲雀は買い上げた薬草園に、新たに数種の薬草を植えて育て、黒潮コーヒーを作り販売を始めた。日本中には、いや世界中には百舌と同じような訳の分からない病気を患っているものが無数にいるだろう。医者に言っても相手にされずに一人苦しんでいるものがたくさんいるだろう。

百舌の仕事は薬草園の管理はもちろんのこと、百舌と同じような病気で苦しんでいるものを一人でも多く見つけ出し、薬を供給すること。百舌にとってそれ以上の仕事はないような選ばれた仕事だった。

百舌の頭には松木先生の顔が浮かんだ。いまどここにいるのかはわからないが、先生は一夫の顔を見たらさぞかし驚くことだろう。これからしようとする仕事が先生の助けになるとすれば、それ以上の幸せはないだろう。

それから里おばさんとも連絡が取れた。交渉は順調すぎるくらいにうまくいった。

「いつでも連れて行ってください」と、里おばさんは言う。

しわだらけの顔の、そのしわのひだひだの中に土でも埋まっていそうな里おばさんの顔が浮かんだ。小鷹さんの言うように、おばさんは自分の心境を正直に言葉に出せない人かもしれない。正直で素朴そうな人だった。本当は二人をそばに置いておきたいのかもしれない。せっかく自分の手で育てられるようになった子供たちだ。可愛くないわけはないだろう。

もしそれが……おばさんの正直な気持ちが自分の目で確認できたなら……。その時は帰ろう。黙って帰ろう。

でもそれができるのだろうか？　ぬえ姉妹には会わない方がいいのではないか？　小鷹さんの言うようにじっくり時間をかけて相手の状況を見極めよう。交渉はそれからだ。せっかく借りたレンタカーだ。その同じ車に二人を乗せて帰りたい。

山道を二時間あるいはそれ以上も走ったかもしれない。途中大きな荷物を背負った登山者の群れを追い越した。山はどんどん深くなった。ところどころに山が開けるところがあるが、それを越えると山はさらに深くなった。少しずつ夜が近づいていて暗くなってきている。これ以上もう先はないだろうと思われる山道の奥に家が見えた。そこへ向かう砂利道、とは言っても砂利の代わりに小枝が散らしてある道だ。その先に、子供が二人歩いている。小さな子供だ。小さな体の割には、二人は大きな長靴を履いている。頭に手拭いを巻いている。小さな子が大きな子の後をついて歩いている。

先を歩く子は大きなかごを背負っている。後をついて歩く子は小さなかごを背負っている。

ぬえとちまきだ。

百舌は車を止めた。しばらく二人の様子を眺めていた。

ぬえがふとこちらを見た。と、姉と同じようにちまきがこちらを見た。

二人はじっとこちらを見た。やがてぬえがにっこりと笑うのが分かった。ちまきがにこっと笑うのが見えた。

百舌は手を挙げると手を振った。

ぬえが手を振った。ちまきが手を振った。

二人はすぐにこちらに向かって、走ってくるだろう。

百舌はもう一度手を挙げた。と、瞬間腕時計が見えた。針は十二時で止まっている。

異界の空気は変な明るさがある。透明な膜の向こうに何があるのだろう。頭が痛い。目が痛い。胸かもしれない。それとも心が痛むのか？　わからない。

百舌は「これは夢だ」と思った。

夢でもいい。この夢がずっと続いてくれさえしたらいい。

夢が続きさえしたら、それは現実となるだろう。

ぬえ。パンダの箱舟が僕らを天国に連れてきてくれたよ。

おわり

著者プロフィール
堀沢 辰雄（ほりさわ たつお）
1946年生まれ。埼玉県在住。

パンダの箱舟

2024年11月15日　初版第１刷発行

著　者　堀沢 辰雄
発行者　瓜谷 綱延
発行所　株式会社文芸社
〒160-0022　東京都新宿区新宿１－10－１
電話　03-5369-3060（代表）
03-5369-2299（販売）

印　刷　株式会社文芸社
製本所　株式会社MOTOMURA

ISBN978-4-286-25809-6